AF202670

Tucholsky   Wagner   Zola   Scott   Sydow   Freud   Schlegel
Turgenev   Wallace   Fonatne

Twain   Walther von der Vogelweide   Fouqué   Friedrich II. von Preußen
Weber   Freiligrath   Frey

Fechner   Fichte   Weiße Rose   von Fallersleben   Kant   Ernst   Frommel
Richthofen

Hölderlin
Engels   Fielding   Eichendorff   Tacitus   Dumas
Fehrs   Faber   Flaubert
Eliasberg   Ebner Eschenbach
Feuerbach   Maximilian I. von Habsburg   Fock   Eliot   Zweig
Ewald   Vergil
Goethe   Elisabeth von Österreich   London
Mendelssohn   Balzac   Shakespeare
Lichtenberg   Rathenau   Dostojewski   Ganghofer
Trackl   Stevenson   Doyle   Gjellerup
Mommsen   Tolstoi   Hambruch
Thoma   Lenz   Hanrieder   Droste-Hülshoff
Dach   Verne   von Arnim   Hägele   Hauff   Humboldt
Reuter
Karrillon   Garschin   Rousseau   Hagen   Hauptmann   Gautier
Damaschke   Defoe   Hebbel   Baudelaire
Descartes
Hegel   Kussmaul   Herder
Wolfram von Eschenbach   Dickens   Schopenhauer
Bronner   Darwin   Melville   Rilke   George
Grimm   Jerome   Bebel
Campe   Horváth   Aristoteles   Proust
Bismarck   Vigny   Barlach   Voltaire   Federer   Herodot
Gengenbach   Heine
Storm   Casanova   Tersteegen   Gilm   Grillparzer   Georgy
Chamberlain   Lessing   Langbein   Gryphius
Brentano   Lafontaine
Strachwitz   Claudius   Schiller   Kralik   Iffland   Sokrates
Bellamy   Schilling
Katharina II. von Rußland   Gerstäcker   Raabe   Gibbon   Tschechow

Löns   Hesse   Hoffmann   Gogol   Wilde   Gleim   Vulpius
Luther   Heym   Hofmannsthal   Klee   Hölty   Morgenstern
Roth   Heyse   Klopstock   Kleist   Goedicke
Luxemburg   Puschkin   Homer   Mörike   Musil
La Roche   Horaz
Machiavelli   Kierkegaard   Kraft   Kraus
Navarra   Aurel   Musset   Lamprecht   Kind   Kirchhoff   Hugo   Moltke
Nestroy   Marie de France
Laotse   Ipsen   Liebknecht
Nietzsche   Nansen   Ringelnatz
Marx   Lassalle   Gorki   Klett   Leibniz
von Ossietzky   May   vom Stein   Lawrence   Irving
Petalozzi   Platon   Knigge
Sachs   Poe   Pückler   Michelangelo   Kock   Kafka
Liebermann   Korolenko
de Sade   Praetorius   Mistral   Zetkin

Die Seelen-Folter

August Gottlieb Meißner

Impressum

Autor: August Gottlieb Meißner
Umschlagkonzept: toepferschumann, Berlin
Verlag: tredition GmbH, Hamburg
ISBN: 978-3-8495-3144-7
Printed in Germany

Text der Originalausgabe

August Gottlieb Meißner

Die Seelen-Folter

Geschichten vom Unstern und Aberwitz

»Und was für einen Zweck haben schließlich Bücher, in denen überhaupt keine Bilder und Unterhaltungen vorkommen.«

Lewis Caroll, Alice im Wunderland

Der Mörder aus Bruderliebe

Katharina H. war eine achtzehn- bis neunzehnjährige, von Gestalt nicht uneben, von Denkungsart ziemlich wollüstige, böhmische Landdirne. Da sie das einzige Kind ihrer Eltern und zukünftige Erbin eines recht artigen Bauerngutes war, so bewarben sich viele junge Burschen um ihre Gunst. Sie gab dem Sohne ihres Nachbarn, Anton S., sichtlich den Vorzug vor allen andern. Er machte immer ihren Tänzer in der Schenke, ihren Begleiter auf Kirch- und Spazierwegen; auch ihr Kammerfenster fand er des nachts offen. Doch ihre Eltern stimmten nicht zu dieser Wahl. Sie untersagten ihr streng und plötzlich allen Umgang mit ihm und zwangen sie endlich, einen Schmied aus der nahe gelegenen Stadt C. zu heiraten.

Diese Heirat schlug aus, wie gezwungene Ehen gewöhnlich ausschlagen. Der vor der Hochzeit schon verhaßte Gatte ward ihr nach derselben noch verhaßter. Alltäglich zankte sie sich mit ihm; was sie wußte und konnte, tat sie ihm zum Possen; auch mit ihrem vorigen Liebhaber setzte sie unter der Hand den vertrautesten, jetzt zweifach unerlaubten Umgang fort. Ziemlich lange hielt die Geduld des beleidigten Ehemannes aus; doch unermüdlich war sie keineswegs. Da er anfangs das Nachgeben und dann die ernstliche Vermahnung fruchtlos versucht hatte, so schritt er endlich zur Schmiede-Rhetorik und ließ sie seine schwere Hand tüchtig fühlen. Sie lief wehklagend zu ihren Eltern, doch diese versicherten, es sei ihr recht geschehen. Auch hier ohne Unterstützung, kroch sie zwar daheim dem Scheine nach zum Kreuze; doch im Herzen hegte sie Gift und Galle. Zu allem, selbst zu den schändlichsten Gegenmaßregeln hielt sie sich nunmehr für berechtigt.

Sie erklärte daher bei der nächsten heimlichen Zusammenkunft ihrem Buhler geradezu: sie halte es nicht länger bei ihrem Wüterich aus. Er müsse ihr von ihm helfen, oder er habe es nie gut mit ihr gemeint. Sein eigner Vorteil sei damit verbunden. Denn so wie sie jetzt Witwe werde, stehe sie auch unter niemands Botmäßigkeit mehr, sei fast noch einmal so reich als vorher und werde dann ihm mit Freuden ihre Hand reichen. Anton stutzte gewaltig bei dieser Rede und meinte, das Ding sei sehr schwer, wo nicht gar unmöglich auszuführen. Aber sie wußte alles ihm leicht zu machen; zeichnete sogar ihm Schritt vor Schritt den Weg vor, den er einzuschlagen habe. Übermorgen, sagte sie, sei Sonntag und zugleich der Namenstag ihres Vaters. Ganz gewiß werde sie dann nebst ihrem Manne ins elterliche Haus gehen. Indessen wolle sie sich nach Möglichkeit zwingen, ihrem Untiere recht schön tun und ihn dadurch kirren, daß er sie diesen Sonnabend in die Schenke zur Musik führe. Dort wolle sie bleiben, bis gegen elf Uhr. Wenn sie nun heimgingen, führe sie ihr Weg bei einem Teiche zwischen einigen Weiden hin, wo es am Tage schon düster und des nachts gewiß völlig einsam sei. Hier solle Anton aufpassen. Zum Zeichen, daß sie es wären und niemand sonst mitgehe, wolle sie von weitem schon ein Liedchen trällern. Dann solle er rasch hervorspringen, ihrem Mann entweder einen Strick über den Kopf werfen oder mit einem Beile einen so kräftigen Streich aufs Hinterhaupt versetzen, daß er hinstürze. Sie selbst wolle ihn dann schon erdrosseln helfen. Daß sie zwei eines Einzigen, der sich dessen nicht vermutend und überdies wahrscheinlich halb trunken sei, Meister werden würden, sei gar keine Frage.

Sie fiel, indem sie dies sagte, ihrem Liebhaber um den Hals, wies ihm die Merkmale der seinetwegen, wie sie vorgab, erhaltenen Schläge, streichelte, herzte ihn, weinte wohl ein paar Tränen; kurz, tat alles Mögliche, um ihn anzufeuern, und er – widerstand nicht länger. Mit Hand und Mund ward man einig: daß der verhaßte Ehemann die Mitternachtsstunde des nächsten Sonntags nicht mehr schlagen hören solle. Zur Vermeidung alles Argwohns wolle man nach vollbrachtem Morde ihn berauben, und seine Mörderin, absichtlich hier und da blutrünstig geritzt, solle in die nächsten Häuser eilen, allda Räuber oder Mörder schreien und die Leute zu Hilfe rufen, wenn keine Hilfe mehr möglich sei.

So schied man voneinander. Aber kaum war Anton wieder allein, kaum überdachte er, was er versprochen hatte, genauer, da stellten sich auch schon wieder Bedenklichkeiten in Menge bei ihm ein: der Schmied war ein großer, baumstarker Kerl; wenn der erste Schlag in der Dunkelheit oder Eile ihn verfehlte; wenn er dann selbst über seinen Angreifer herfiele; wenn der genossene Trunk seine ohnedem beträchtlichen Kräfte eher verstärkt als geschwächt hätte; wenn auf sein Rufen andre Menschen herbeieilten?

Alles dieses waren Möglichkeiten, die in Antons Kopfe bald zu Wahrscheinlichkeiten wurden, welche den ganzen Sonnabend ihn tiefsinnig umhertrieben und ihn endlich Sonntag morgens zu dem Entschlusse bewogen, noch einen Gehilfen sich anzuwerben. Er hatte einen Bruder, Georg mit dem Vornamen, der einige Jahre älter und Knecht auf einem benachbarten Meierhofe war, ein guter, ehrlicher Bursche, der mit Bruder Anton stets in bestem Einverständnis gelebt, um seine ehemalige Liebschaft mit Katharinen gewußt, die Fortdauer ihres Umgangs ebenfalls schon gemerkt, doch nie in etwas sich eingemischt hatte. Zu ihm ging jetzt Anton, vertraute ihm alles haarklein und schloß mit der Bitte: Abends seinen Begleiter und Beistand zu machen.

Aber mit Abscheu verwarf Georg einen solchen Vorschlag; mit dem wärmsten Eifer drang er in seinen Bruder, das ganze Unternehmen aufzugeben. Nicht bloß von der Seite der Gefahr, mehr noch von der Abscheulichkeit des Verbrechens selbst nahm er seine Gründe her. Daß ein Weib mit solchen Vorsätzen durchaus nicht Liebe verdiene; daß den Vollbringer einer so abscheulichen Tat, auch wenn sie unentdeckt bliebe, sein Gewissen durchs ganze Leben elend mache. Das stellte er ihm mit den hellsten Farben vor und ließ nicht eher ab, bis er von ihm das Versprechen erhielt, seinem Anschlag wenigstens für dies Mal noch zu entsagen.

Anton hatte bei des Bruders letztern Worten wirklich gerührt zu sein geschienen, hatte ihm mit merklichen Zittern die Hand darauf gegeben, daß er von ihm nach Hause gehen und nach Sonnenuntergang nicht mehr vor die Türschwelle, geschweige an den bewußten Ort sich begeben wolle. Gleichwohl traute Georg nicht völlig. Nach dem Abendessen, als er alle ihm zukommende Arbeit verrichtet, erbat er sich von seinem Dienstherrn die Erlaubnis, noch ein Stündchen wegzugehen, und eilte ins väterliche Haus. Anton war nicht da. Georg sah in der Schenke nach und fand ihn dort eben so wenig. Ha, was gilts! Er lauert schon am Teiche! So dachte er und flog gleichsam mehr hin, als daß er ging.

Sein Argwohn war leider nur zu gegründet. Er traf ihn hinter einer dieser Weiden, mit Strick und Beil bewaffnet.

Jetzt – dies bezeugte nachher beim Verhör Anton selbst mit Tränen! – jetzt wandte Georg noch einmal alle ihm mögliche Beredsamkeit an, seinen Bruder zur Rückkehr zu bewegen. Da er wohl sah, daß sein Gewissen, durch Leidenschaft und Eigennutz verelendet, sich über alle Sträflichkeit der Tat wegsetze, so suchte er ihn durch Vorstellung der Unmöglichkeit, daß so ein Mord unentdeckt bleibe, zu schrecken. Ja, er schwur hoch und teuer, daß er jetzt gleich zum Richter hineilen, alles anzeigen und diesem Bubenstück zuvorkommen wolle, wenn Anton nicht stracks mit ihm heimgehe.

Diese letzte Drohung wirkte; Anton entschloß sich endlich zum Mitgehen. Aber indem er kaum einige Schritte fortgeschlichen war, schlug es auf dem Kirchturm in C. elf Uhr, und indem der Zaudernde stehen blieb, um, wie er sagte, zu zählen, hörte er von weitem schon die unselige Losung – hörte singen und erkannte gar leicht Katharinens Stimme. Unaufhaltsam riß er sich jetzt von seinem Bruder los und stürzte auf den Ort zu, von wannen der Schall herkam.

Stockstill und unentschlossen stand Georg einige Augenblicke da. Was sollte er auch tun? Dem Wütenden nacheilen, ihn rufen – seinen eigenen Bruder verraten? Oder auf dem Heimweg fortschreiten und alles gehen lassen, wie es gehe? Peinlich genug war diese Lage, doch was darauf folgte, war noch peinlicher. Denn kaum ein oder zwei Minuten später vernahm er ein dumpfes Getöse, rasch darauf einen harten Fall und Antons Ruf: Um Gottes willen, Bruder, zu Hilfe! Er bringt mich um!

Hier verließ Georgen alle Fassung, ja fast alles Bewußtsein. Ohne zu wissen, was er eigentlich tue, flog er hinzu, erblickte – so viel es der Ort und die Düsternheit der Nacht zuließen – zwei Männer, die auf dem Erdboden zusammen ringend lagen, und hörte, daß der untere nochmals röchelnd rief: Bruder, rette mein Leben! schlage zu!

Nicht einmal einen Stock hatte Georg in der Hand, aber leider sah er in diesem Augenblick das Beil blinken, das Antons Faust beim Fall entsunken war. Rasch griff er darnach und führte aufs Haupt des oben liegenden Schmieds einen so gewaltigen Streich, daß dem Unglücklichen stracks die Hirnschale zerspaltete und er mit einem lauten jammervollen Jesus Maria! seinen Gegner fahren ließ. Leicht wandte sich Anton nun wieder hervor und erdrosselte denjenigen vollends, der ohnedem schon mit dem Tode rang.

Alles dies war das Werk einiger wenigen gräßlichen Minuten. Georg hatte gleich nach vollführtem Streiche das unselige Werkzeug des Mordes weit von sich weggeschleudert. Ohne weiter auf seines Bruders Zuspruch zu achten, ohne einen Augenblick länger zu verziehen, floh er querfeldein über Äcker, Steine, Gräben seiner Heimat zu. An Beraubung des Ermordeten gedachte er nicht weiter; kaum war er sich so viel gegenwärtig, daß er das weggeworfene Beil aufsuchte und mitnahm.

Auch die Ehebrecherin, trotz des kalten Blutes, womit sie den Plan der ganzen Schandtat entworfen, trotz der Genauigkeit, womit sie anfangs ihn befolgt hatte, war nachher gewaltig von ihrer Rolle abgewichen. Schon an dem kleinen, für sich unbedeutend scheinenden Umstand, daß der Angriff nicht, wie verabredet wurde, hinterrücks, sondern vorwärts geschah, scheiterte ihre Fassung. Als sie nun vollends sah, daß jener erste Streich nicht genüglich wirke, daß der entschlossene Mann seinen Angreifer packe und werfe, da entsank ihr aller Mut, mit Hand anzulegen. Sie ergriff die Flucht und schrie so ängstlich: Hilfe! Hilfe! als ob sie wirklich dieselbe wünsche. Zwar faßte sie sich in einer ziemlichen Entfernung wieder, blieb stehen, horchte, erkannte Antons Stimme und schöpfte Hoffnung, daß ihr Bubenstück doch noch gelungen sei. Aber umzukehren wagte sie doch nicht, weitern Lärmen zu machen noch minder. Sie wanderte vielmehr so geradezu nach Hause, legte sich so unbefangen zu Bette, als habe sie nichts mehr zu besorgen, zu verantworten, zu verheimlichen.

Sehr natürlich, daß daher am andern Morgen, als man den Leichnam fand und die Gewalttat, die mit ihm vorgenommen worden, erkannte – sehr natürlich, daß dann der erste Verdacht seiner Ermordung, oder wenigstens einer Teilnahme an derselben, diejenige Person traf, die mit ihm ausgegangen, ohne ihn heimgekehrt und, wie man wohl wußte, zuweilen in Zwiespalt mit ihm gewesen war. Sie ward verhaftet, leugnete ein paar Stunden durch alles und gestand dann – was sie wußte. Georgs Mitschuld war ihr selbst fremd; diese erfuhr man erst bei Antons Gefangensetzung und erstem Verhör. Als der Unglückliche die Gerichte ins Haus seines Dienstherrn eintreten sah, ging er ihnen selbst entgegen und gestand, noch ungefragt, mit tausend Tränen sein unwillkürliches Vergehen. Gern hätten im Verfolge die Urteilssprecher das Schicksal dieses Unglücklichen gemildert. Doch der Buchstabe der Landesgesetze war allzu klar dagegen. Es wurden ihm acht Jahre harten Gefängnisses, der Ehebrecherin aber dreißig und ihrem Buhler fünfzehn Jahre zuerkannt.

Wohl möglich, daß vielen Lesern diese Geschichte sehr gleichgültig scheint, weil sie nur Personen vom niedrigsten Stande aufführt, aber auf mich, als ich sie zuerst aus dem Munde eines der Glaubwürdigsten, mit jedem Umstande des Verhörs genau bekannten Zeugen erfuhr, machte das Schicksal dieses unglücklichen Jünglings einen so tiefen Eindruck, daß ich es viele Tage lang nicht aus dem Sinn mir schlagen konnte. Armer Georg, als du so warm deinem Bruder abrietest, als du hineiltest, ihn vom Morde zurückzuweisen; da ahntest du gewiß nicht deine eigene Verwicklung in seine Freveltat! Nicht, daß du ein Beispiel mehr werden solltest: wie wenig irgend ein Mensch für die Unsträflichkeit seiner nächsten Stunde sichere Bürgschaft leisten könne!

Unkeusche, Mörderin, Mordbrennerin, und doch bloß ein unglückliches Mädchen

Ein angesehener Kaufmann zu Nowgorod hatte nur eine einzige Tochter und sparte um desto weniger bei ihrer Erziehung Mühe und Kosten. Beide waren auch nicht vergebens angewandt. Das Mädchen hatte, als sie herangewachsen, alle Eigenschaften, die man jetzt von einem wohlgebildeten Frauenzimmer fordert; und besaß noch ein gutes, unverdorbenes Herz. Kein Wunder daher, daß dieses reizende Geschöpf bald ein Augenmerk vieler junger Männer ward und daß manche Mütter bei ihrem Anblick mit sehnlichem Wunsch an die Lieblinge unter ihren Söhnen dachten.

Jetzt, als sie so eben kaum zur völligen Blüte gekommen war, bewarben sich zwei Kaufleute um sie. Auch hier fand sich der so gewöhnliche Fall: daß der angenehmere Mann nicht reich, der Reichere nicht angenehm war; daß dieser an den Vater, jener ans Mädchen selbst sich verwendete; und daß dieser elterliche Vertröstung, jener aber Gegenliebe erhielt. Als der Vater, in der Person seines Begünstigten, der Tochter einen künftigen Gemahl vorstellte, sparte diese weder Bitten noch Gründe noch Schmeicheleien, um ihn zu bewegen: daß er seine Wahl gegen die ihre umtausche; aber sie erreichte nur halb ihren Zweck. Er liebte seine hoffnungsvolle Tochter so innig, daß er ihr endlich mit Wort und Handschlag versprach, nie einen Mann ihr aufzudringen; aber er bestand dagegen auch ernstlich und vielleicht gar mit einiger Schärfe darauf: daß sie ihrem Günstling nicht minder entsagen solle; und das Ende vom Liede war: daß wirklich *beide* abgewiesen wurden.

Das Mädchen hatte das Versprechen, ihren Liebhaber zu verabschieden, in wahrem Ernste getan. Als sie aber nachher hörte, daß er, ihrer anscheinenden Härte ungeachtet, ebenso standhaft auf seiner Neigung beharre, als jener väterliche Günstling sich bald zu trösten gewußt habe, da blieb freilich immer noch ein Funken der alten Zärtlichkeit zurück, und so standhaft sie eine geraume Zeit hindurch seine wiederholten Bewerbungen abwies, so brachte er es doch durch Bestechung einer Aufwärterin, und zwar einer, die nicht vom letzten Schlage[1] war, endlich dahin, daß sie sich wieder etwas von ihm vorerzählen ließ, daß sie bald darauf abermals seine Briefe und zuletzt gar seine Besuche annahm.

Als sie einst so beisammen in Gesprächen der Liebe, und zwar wirklich unschuldigen Gesprächen saßen, trat die Alte bestürzt herein und meldete die Ankunft des verreist gewesenen Vaters. In dieser Angst war kein anderer Rat, als den Geliebten schnell ins Bett zu verbergen und ihn mit einer Menge Federkissen aufs beste zuzudecken. So empfing man den Vater. Dieser setzte sich gerade aufs Bett hin, blieb eine geraume Zeit darauf sitzen und ging endlich, nach mancher langen Erzählung, die seine Tochter ihm gern geschenkt hätte, ohne etwas zu merken hinweg. Das Mädchen eilte nun sogleich, ihren Liebhaber zu befreien.

Die Eilfertigkeit, mit welcher sie die Federbetten hinwegriß, kann man sich leicht vorstellen; aber kaum den Schrecken, mit welchem sie ihn tot, tot durch ihre Schuld, fand. Denn der Vater hatte sich gerade auf den Kopf dieses Unglücklichen gesetzt. Mit einer Standhaftigkeit, die wohl Heldenmut genannt zu werden verdient, hatte dieser Letztere, selbst in den Todesängsten, sich nicht gerührt und war erstickt.

Ein solcher Anblick war schrecklich oder vielmehr tötend beinahe für das arme Mädchen. Nichts ließ sie unversucht, ihren Geliebten ins Leben zurückzurufen; alles umsonst. Und was nun mit dem Leichname anfangen? Sich jetzt der Härte eines Vaters ausgesetzt, einer gerichtlichen Untersuchung bloßgestellt, vielleicht gar mit Kerker und Leibesstrafe belegt zu sehen! Wie fürchterlich war diese Aussicht.

Der Rat der alten Kupplerin fand daher endlich Beifall. Der Bediente ihres Vaters, ein häßlicher Kerl von Leib und Seele, liebte den Trunk und bedurfte Geld. Ihm wollte man eine ansehnliche Belohnung versprechen, wenn er den Leichnam nähme und in den nächs-

---

[1] Man pflegt den Russinnen schon als Kind in der Wiege eine Aufwärterin zu geben, die nachher durch ihr ganzes Leben bei ihnen bleibt und mir viel Ähnlichkeit mit jenen Ammen der Alten zu haben scheint, die wir im Homer, Terenz und andern treffen und die gewöhnlich ihrer Saugtöchter Freundinnen bis zur Mannbarkeit und selbst bis in ihr Alter blieben.

ten Kanal würfe. Liebe und Schmerz machten noch manche Einwendungen dagegen; aber Notwendigkeit drang endlich durch.

Die Alte ging, den Kerl aufzusuchen; aber schrecklich war die Antwort, mit welcher sie wiederkam. Denn kaum hatte dieser Bösewicht vernommen, was er tun sollte, so übersah er auch schon die Verlegenheit ganz, in welcher die beiden Frauenspersonen sich befinden müßten, war zur Wegschaffung des Leichnams zwar erbötig, forderte aber zum Lohn dieses Dienstes: daß seine Gebieterin seinen viehischen Lüsten sich überlassen sollte. Vergebens hatte die Aufwärterin ihm Geld über Geld versprochen; vergebens sich selbst zur Befriedigung seiner Wollust angeboten; vergebens auf sein Hohngelächter, eine jüngere Liebschaft zu verschaffen, sich verbindlich gemacht. Er blieb bei seinem Begehren, und sie mußte die Nachricht überbringen.

Mit äußerstem Abscheu lehnte das Mädchen diesen Vorschlag ab. Der Bediente ward selbst gerufen; sie bot ihm zum Geschenke alles an, was sie von barem Gelde besaß. Sie bot ihm sogar ihre Juwelen, die – da sie eine Russin war – auf hohen Wert sich beliefen. Sie erklärte sich mit der möglichsten Entschlossenheit, daß sie in sein voriges Verlangen nie willigen werde. Aber der verstockte Nichtswürdige beharrte auf seiner Bedingung und drohte endlich, als das Weigern ihm zu lange währte, sogleich hinzugehen und der Obrigkeit alles, alles anzuzeigen.

Jetzt, da der Jammer immer größer wurde, der Morgen nicht mehr fern war, jener Bösewicht sich wirklich bereits zum Weggehen anschickte, entfernte ihn die Alte noch auf einige Augenblicke und fiel ihrer Pflegetochter weinend zu Füßen. Sie stellte ihr die Größe und Nähe der Gefahr, die Leichtigkeit sich zu retten, das Verschwiegenbleiben einer zweifachen Schmach vor. Sie erinnerte sie an die Dankbarkeit, die sie ihr schuldig sei, an die Knute, die ihr als Unterhändlerin unausbleiblich drohe, und an den Verlust des eignen Glücks und aller väterlichen Liebe. Kurz, sie brachte es endlich dahin, daß das arme Geschöpf nachgab und zitternd, wie ein Opfertier, in einen Schritt willigte, statt dessen sie nachher lieber zweifachen Tod erwählt hätte.

Der Leichnam ward nun fortgeschafft. Niemand erriet am andern Morgen, als er gefunden ward, sein wahres Schicksal. Aber jener

Bediente, im Besitz zweier so wichtiger Geheimnisse, konnte nun fortan so viel Geld bekommen, als er wollte, und ergab sich eben daher dem Trunke immer stärker. Als er nach Verlauf von ein paar Monaten schon oft mit Angabe gedroht und, was er verlangte, auch wirklich ertrotzt hatte, saß er einst, wie gewöhnlich, in einer Kabakke oder Schenke und zechte mit seinen Gefährten, bis er halb sinnlos wurde. In diesem Zustande fragten ihn die Kameraden, denen schon längst sein Überfluß an Gelde bedenklich geschienen hatte, um die Ursache seines vermehrten Wohlstandes; aller Besinnungskraft für die Zukunft jetzt verlustig, antwortete er ihnen mit einer Menge Großsprechereien, und um ihnen sein Glück recht begreiflich zu machen, um ihre Zweifel zu widerlegen, schickte er alsbald einen von den Aufwärtern zu der Tochter seines Herrn und ließ ihr entbieten, sie solle sogleich kommen und zwanzig Rubel ihm mitbringen.

Das arme Mädchen, unwissend, wie sie sich anders helfen könne, sendete ihm dieselben wirklich. Aber dieser Schändliche, unzufrieden, daß sie nicht selbst komme, schickte das Geld zurück und verlangte: sie solle es ihm eigenhändig überbringen. In immer wachsender Verlegenheit glaubte die Unglückliche: Gewinn werde ihn besänftigen, und verdoppelte daher die Summe. Doch eben dadurch ward das Ungeheuer nur noch mehr aufgebracht, und er ließ ihr drohen, alles, was er wisse, zu entdecken, wenn sie nicht sogleich sich einstelle. Umsonst sträubte sich die Bedauernswürdige gegen diesen schmählichen Gang. Jene alte Kupplerin, die sich nun selbst seit geraumer Zeit schon mit dem Bedienten verstand, drang abermals in sie; und sie ging.

Als sie in die Schenke kam, überhäufte sie der sinnlose Trunkenbold mit den härtesten Vorwürfen; sie suchte sich auf die sanftmütigste Art bei ihm zu entschuldigen; aber er hörte nicht darauf, nannte sie eine Hure und schlug sie. Dieser Schimpf, in so vieler Personen Gegenwart, unter den Augen der niedrigsten Klasse von Menschen ihr zugefügt, war allzu groß und überstieg alles bereits Erduldete. Erst rollten ihr einige Tränen von der Wange herab; dann eilte sie schnell hinaus; ein Licht stand ihr draußen im Wege; vom Schmerz ganz außer sich, ergriff sie dasselbe und steckte, von niemanden bemerkt, die hölzerne Kabakke beim Eingang in Brand. Das Feuer fraß sogleich um sich; das trockene Gesparre loderte wie

Schwefel auf; die Wache eilte zu spät herbei; alles Löschen war vergebens; die Schenke verbrannte; und – schrecklich genug! – alle in ihr befindlichen Trunkenbolde, zwölf an der Zahl. Man hätte gewiß der eigenen Unvorsichtigkeit dieser Menschen die Schuld des ganzen Unglücks beigemessen, aber die Täterin trat sogleich zur Wache, überlieferte sich ihr und bekannte, was sie getan habe. Man verhaftete sie, untersuchte den ganzen Vorfall und überschickte eine genaue Erzählung davon an die Monarchin.

In Deutschland wäre für die Verbrecherin Lebensfristung unmöglich gewesen. Aber Katharina sprach: Die Tochter des Kaufmanns, weil sie nach und nach, wider ihre Grundsätze, zu einer Handlung verleitet wurde, die sie endlich in ganz sinnloser Verzweiflung begangen habe, solle auf ein Jahr lang ins Kloster gehen und dort ihre Sünden bereuen. Die alte Aufwärterin hingegen, die Urheberin aller dieser Verbrechen, solle die Knute zum Tode erhalten; der Vater nur einen Verweis für seine Härte; denn das Schicksal seiner Tochter bestrafe ihn schon hinlänglich, wenn nicht überscharf.

Alles dies ward vollzogen. Nach Verlauf jener Büßungszeit ließ das arme Mädchen, auf ihr eigenes Verlangen, sich einschleiern für immer.

Die geopferten Kinder

In der Neumark lebte vor einigen Jahren ein Schäfer, ein Mann, der bei allen, die ihn kannten, den Ruf eines ehrlichen, stillen, frommen Mannes hatte und ihn auch wirklich verdiente; vielleicht ein wenig allzu still, allzu fromm, denn er war ein Herrnhuter.

Einst, als er auf dem Felde hinter seiner Herde ging, gesellte sich zu ihm der Schulmeister des Dorfs, sein Freund und Glaubensgenosse. Ihre Gespräche lenkten sich bald von häuslichen Gegenständen auf Angelegenheiten der Religion und des Herzens, und der Schäfer konnte nicht Worte genug finden: wie glücklich er sich jetzt in diesem Punkte fühle.

»Endlich«, sprach er mit innigem Ton, »hat Gott mein Gebet erhört, hat mir nach manchem harten Kampf seinen Frieden geschenkt, hat mich des wahren Glaubens teilhaftig werden lassen! O wie so wohl mir dabei ist! Wie ganz gewiß ich mit keinem Fürsten tauschen würde!«

Er fuhr noch lange in diesem Tone fort, bis er ein gewisses Kopfschütteln bei dem Schulmeister bemerkte, das ihn Wunder nahm und nach dessen Ursache er fragte.

»Es ist wohl recht gut, lieber Bruder, um eine solche Seelenruhe«, war jenes Antwort, »auch zweifle ich nicht, daß es ganz heimlich mit deinem Herzen stehen mag. Aber unser jetziger Glaube – unser jetziger Glaube – so ganz lauter wie der Glaube der Alten mag er doch wohl nicht sein.«

»Und warum sollte er das nicht, lieber Bruder? Ich habe ja so andächtig zu Gott gebetet, so ganz in die Wunden des Lammes mich geflüchtet und empfinde auch dafür so eine Heiterkeit, so eine Gewißheit meiner Versöhnung –«

»Alles schon gut! Recht gut! Aber den Glauben der Patriarchen? Den Glauben Abrahams, der Gott seinen einzigen Sohn darbrachte, wer kann den jetzt noch zu besitzen hoffen?«

Hätte der Schulmeister auch nur den hundertsten Teil der Wirkung sich gedacht, den diese unglücklichen Worte auf den armen Schäfer hatten, gewiß würde er sich vor ihnen sorgfältig gehütet haben. Traurig, in tiefe Gedanken versenkt, in seinem Glauben erschüttert, ging dieser nun den ganzen Tag seiner Herde nach, hörte und sah nichts rund um sich her, erwiderte, als er heimkam, nur kalt die Liebkosungen seiner Gattin und Kinder, verschmähte, unter dem Vorwand einer Unpäßlichkeit, sein kleines Abendbrot, und hielt selbst seine Betstunde ohne Freudigkeit.

Die Ruhe seiner Seele, seine feste Zuversicht auf göttliche Gnade war verschwunden. Tausendmal las er in der Bibel das zweiundzwanzigste Kapitel des ersten Buch Moses von der Aufopferung Isaaks. Sie war sein einziger Gedanke, des Tags über und wenn er schlaflos auf seinem Lager lag; sie war sein Traum in jedem Morgenschlummer; rasch fuhr er dann auf und flehte mit gefalteten Händen, mit unterdrücktem Schluchzen und desto häufigeren Tränen zu Gott: auch ihn mit dem Glauben Abrahams zu beseligen.

So rang er ein paar Wochen lang und achtete sich endlich ganz mit dem Heldenmut gestärkt, den die Aufopferung seiner Kinder erforderte. Seit geraumer Zeit war er nicht freudiger und heiterer aufgestanden, als an dem Morgen dieses dazu festgesetzten Tages. Seine Gattin merkte solches und freute sich dieser Änderung; er selbst verrichtete seine Hirtenarbeit mit größter Genauigkeit und kam dann heim, sein eigenes Vieh zu melken.

Er war Vater von drei Söhnen und bisher immer der beste Vater gewesen. Seine Kinder liebten ihn daher zärtlich und folgten ihm, wo er ging und stand, fleißig nach. Vorzüglich pflegte der Kleinste, sein Augapfel, ein Knabe von zwei bis drei Jahren, ihm beim Melken nachzulaufen, mit der Bitte: daß er ihn doch in die Gelte setzen und hin und her schaukeln möchte. Alle diese Kleinigkeiten geschahen auch heute. Dann aber, als er alle Pflichten des ganzen Tages erfüllt zu haben glaubte, entfernte er unter irgend einem Vorwand seine Frau, rief seine drei Söhne zu sich und verschloß sich mit ihnen in der Stube.

Kaum hatte er dies getan, als er eine Axt ergriff und damit dem Ältesten von ihnen den Kopf zerspaltete; dem Zweiten, der erbärmlich zu schreien anfing, widerfuhr sogleich ein Gleiches; aber der Jüngste, der ängstlich seine Füße umschlang, mit Tränen ihn nicht auch zu töten bat, erschütterte auf einige Minuten seinen festen Entschluß. Es war sein Liebling! Sein Jüngster! Sein Letzter! Zwei

Opfer hatte er, seinem Bedünken nach, Gott schon dargebracht! Der Arme bat so innig!

Alles dies, gestand er nachmals oft, bewegte das Innerste seines Herzens. Er betete aufs Flehentlichste zu Gott, ihn mit Kräften auszurüsten; und das Werkzeug des Tötens entsank aus seiner Hand. Aber der Gedanke: Was opfere er denn eigentlich Gott, wenn er nicht auch sein Letztes und Liebstes ihm opfern wolle? gab ihm endlich Mut genug, Vaterherz und Menschenschwäche zu überwinden, und der arme Knabe sank mit zerschmettertem Haupte zu Boden.

Ganz gelassen hob er nun alle drei Leichen von der Erde empor, trug sie auf sein Bett und zog die Decke über sie.

Allein das Geschrei der Unglücklichen war bis zur Mutter gedrungen; sie lief erschrocken herzu und verlangte, da sie die Stubentür verschlossen fand, so ungestüm hereingelassen zu werden, daß er ihr endlich, obschon mit den Worten: Ach, bleib draußen, Mutter! Es ist des Elends bereits genug darin! aufmachte. Ihr Entsetzen beim Anblick des Blutes in der Stube, ihr noch größeres bei Wegreißung der Decke können Gedanken nur mühsam, Worte unmöglich fassen. Seine Ruhe hingegen blieb unerschüttert. Er weinte auf ihre Leichname, aber er blieb dabei: es sei verdienstlich, sie geopfert zu haben; ließ sich willig ins Gefängnis führen und behauptete auch dort seine Gelassenheit.

Was seinen Richtern Ehre macht, ist: daß sie nicht auf Todesstrafe, sondern auf lebenslängliches *Zuchthaus* stimmten; und König Friedrich, als er dies Urteil unterschreiben sollte, strich auch jenes Wort noch aus und setzte dafür *Tollhaus!*

Französischer Justizmord

Von der ehemaligen französischen Kriminal-Justiz, ihren mannigfaltigen Gebrechen und vorzüglich ihrer allzu großen, allzu raschen, allzu buchstäblichen Strenge ist schon so manches geschrieben, so manches Beispiel gesammelt worden, daß man leicht mit dieser letztern Arbeit ganze Alphabete füllen könnte. Umsonst verhallte in diesem Punkte Voltaires sonst so allgeachtete Stimme. Seine Beredsamkeit konnte höchstens nur ein paar einzelne Unglückliche retten und noch gewöhnlicher ihrem Leichnam nur zu einem ehrlichen Begräbnis verhelfen. Im Ganzen blieb alles beim Alten!

Folgende Anekdote, die für eine Ballade und theatralische Bearbeitung vielleicht kein undankbarer Stoff gewesen wäre, ist, so viel ich weiß, noch nirgends gedruckt und ungezweifelt wahr, denn ich verdanke sie der Erzählung eines Augenzeugen, der den Unglücklichen selbst zum Tode führen sah.[2]

Im Jahre 1755 lebten unter den sieben bis acht Mal hunderttausend Menschen, die Paris bewohnen, auch ein junger Schlossergeselle und sein Mädchen. Er ein fleißiger, braver, geschickter und, nach Landessitte, recht herzlich in seine Schöne verliebter Bursche, sie eine feine ehrliche Dirne, die sich durch Nähereien recht artig ihren Unterhalt erwarb, die, trotz dieses oft zweideutigen Gewerbes und trotz ihrer Unabhängigkeit als elternlose Waise, doch völlig bei unbescholtenem Rufe blieb, von allen ihren Bekannten geschätzt wurde und ihren Joseph (so hieß jener Bursche) von ganzer Seele lieb hatte. Beide glaubten bereits dem Zeitpunkt ihrer Verbindung nahe zu sein, sahen sich alle Tage und hatten sich schon ziemlich zu ihrer Wirtschaft vorbereitet.

Eines Morgens ward der junge Mann in ein Haus, dicht an der Wohnung seines Mädchens, gerufen, um ein zugeworfenes Schloß wieder aufzusprengen. Er tat dieses und wollte wieder heim gehen, als ihm sehr natürlich der Gedanke befiel, hurtig ein paar Augenblicke zu seiner so nahen Geliebten hinaufzuschlüpfen und sich: wie sie geruht habe? zu erkundigen. Gedacht, getan! Sie wohnte im

---

[2] Des nun schon seit sieben Jahren gestorbenen Oberlandbaumeister Krubfacius in Dresden.

25

fünften Stockwerk; ihr Vorhaus pflegte verschlossen zu sein. Der junge Schlosser klingelte daher auch jetzt, aber er klingelte lange vergebens. Ein so früher Ausgang schien ihm verdächtig, und es erwachte bald die eifersüchtige Besorgnis: Wie? Wenn sie sich vielleicht *mit Fleiß* verschlossen, dich gesehen, wohl gar irgend etwas Unrechtmäßiges dir zu verbergen hätte?

Ein solcher Argwohn im Kopf eines Alt- oder Neufranken ist immer ein schlimmer Gast. Auch Josephs *Verdacht* ward mit jedem neuen Klingelzug stärker. Er legte sein Ohr dicht an ein paar Spalten der Tür und glaubte, nach der gewöhnlichen Art der Selbstquäler, wirklich darin ein Flüstern und Rascheln zu vernehmen. Natürlich, daß durch alles dieses seine Unruhe trefflich wuchs; er sann bereits hin und her auf Rache; und endlich fiel es ihm ein, daß er ja so eben durch ein günstig scheinendes Ungefähr sein Handwerkszeug bei sich habe.

Wie, dachte er, wenn ich mich nun dessen zur Eröffnung dieser Tür bediente? Ist meine Braut treulos, so verdient sie Beschämung, und unser Handel ist geendigt. Ist sie unschuldig, so bitte ich um Verzeihung, und sie vergibt meiner Eifersucht, um meiner Liebe willen. Aber wie? Wenn sie noch schliefe? Müßte doch wahrlich ein Totenschlaf sein! Und zudem wäre ja dem Bräutigam auch wohl solch eine Überraschung vergönnt.

Noch während dieses ungesprochenen Monologs bediente der Eifersüchtige sich bereits seines Handwerkszeugs, eröffnete ziemlich leise die Tür, fand das Zimmer offen und huschte hinein. Jetzt erkannte er seinen Verdacht unbegründet und fand, daß sein Mädchen wirklich schon ausgegangen sei. Er wollte sich daher sogleich wieder entfernen, als ihm auf ihrem Arbeitstische ein kleines, niedliches verschlossenes Kästchen in die Augen fiel.

Was ist das? setzte er seine Gedankenreihe fort: Noch nie sah ich dieses Kästchen bei ihr. Es ist so leicht; höchstens können einige Papiere darin verwahrt sein. Ich will einen Scherz machen, will es mitnehmen. Wenn sie es vermißt, auf wen wird sie wohl raten? Sicher wird sie zu mir kommen – wird mir es klagen. Ich lasse sie dann ein wenig in der Angst zappeln, zeige es ihr endlich, mache den Argwöhnischen, vermute Liebesbriefchen darin und so weiter, kurz, ich will es mitnehmen.

Auch diesen Einfall vollführte er, machte ganz geschickt die Saaltür wieder zu und entfernte sich, von niemanden im ganzen Hause, wie er glaubte, bemerkt.

Kurz darauf kam die Näherin heim; an der Saaltür spürte sie nichts, aber beim ersten Eintritt ins Zimmer vermißte sie sogleich ihr Kästchen, denn gerade dessentwegen kam sie wieder nach Hause; es waren Spitzen von einigen hundert Livres am Werte darin; sie hatte solche vorher schon zu der Herrschaft, der sie gehörten und von welcher sie dieselben zum Ausbessern erhalten, nach Hause tragen wollen, aber unglücklicherweise über andern Dingen sie vergessen. Jetzt, als sie verschwunden waren, erhob sie ein lautes Geschrei. Im ganzen Hause lief sie herum, erzählte jedermann, daß sie bestohlen worden sei, fragte, ob man keine Spur von den Dieben ihr geben könne? und überließ sich bei einem Verlust, der ihr so unersetzlich schien, der äußersten Verzweiflung.

Der Wirt, als er von ihrem Unfall erfuhr, schickte aus Mitleid sowohl gegen das arme Mädchen als aus Sorge für den guten Ruf seines Hauses sogleich nach einem Polizeikommissar; es ward die strengste Untersuchung in allen Stockwerken angestellt, aber man fand natürlicherweise das Kästchen nirgends. Bei den sämtlichen Hausgenossen ward nun nachgeforscht: Ob sie nicht irgend jemand kommen oder weggehen gesehen hätten? Aber auch hier wollte sich eben so wenig irgend eine Spur finden, und die Gerichtspersonen waren schon im Begriff sich zu entfernen, als eine Strumpfstrickerin, die diesem Hause gegenüber ihren Laden hatte, durch das Getümmel herbeigelockt ward und von dem Vorfall hörte.

»Je nun«, fing sie ganz in ihrer Unschuld an, »jemanden hätte ich doch wohl unterdes ins Haus hinein und wieder herausgehen sehen, jemand, der allerdings oben gewesen sein muß, aber unmöglich der Dieb sein wird.«

Man fragte sie: Wer das gewesen sei?

»Der Jungfrau ihr Bräutigam; er blieb ein geraumes Weilchen darin!«

Bei diesen Worten erblaßte das arme Mädchen und versicherte: daß der gewiß nichts ihr weggenommen habe. Aber der Polizeibeamte behauptete sogleich: daß auch bei ihm Nachforschung geschehen müßte. Man ging hin; er war abermals ausgegangen, doch man durchstöberte seinen Verschlag, und siehe da, das vermißte Kästchen, nur ganz leicht in seiner Wäsche versteckt, fiel bald in die Hände der Suchenden.

Sogleich folgte die Wache an den Ort ihm nach, wo er hingegangen war. Der arme Jüngling staunte nicht wenig, als er sich verhaftet sah; doch er schien wieder guten Mutes zu werden, als er hörte: warum dies geschehe? Er erzählte sogleich alles, was wir kurz vorher auch erzählt haben, gestand, daß er die Saaltür aufgemacht, das Kästchen mitgenommen und einen Spaß mit seinem Mädchen haben wollen; aber er erschrak schon ein wenig, als man ihm versicherte: daß vor Gericht ein solcher Spaß nicht gälte, sondern daß auf die Aufsprengung einer Tür in des Inwohners Abwesenheit und auf die Entwendung einer schon weit geringfügigem Sache nichts geringeres als der Strang stehe.

Er entschuldigte sich zwar, daß dies alles seiner Absicht halber für keinen Diebstahl gelten könne; er erbot sich zu dem feierlichen Eide: daß er jetzt erst erfahre, was in diesem Kästchen, dessen Schloß er nicht einmal angerührt habe, enthalten sei. Aber man erwiderte: daß dieses eine leichte Ausrede jedes Spitzbuben sein würde und ein falscher Eid bei einem solchen Fall gar leicht sich schwören lasse. Kurz, der peinliche Prozeß nahm in aller Förmlichkeit seinen Anfang.

Jetzt entfiel dem Ärmsten das Herz. Umsonst gab ihm sein bisheriger Meister, umsonst jeder seiner Bekannten das Zeugnis des unsträflichsten Lebens. Umsonst warf sich sein verzweiflungsvolles Mädchen zu den Füßen seiner Richter; umsonst schienen selbst diese, so wie ganz Paris, von seiner Unschuld überzeugt zu sein. Der tötende Buchstabe des Gesetzes ging aller andern Rücksicht vor, und wenige Tage darauf beschloß der Unglückliche am Galgen sein Leben.

Die Seelen-Folter

Bei einer sehr großen jüdischen Diebesbande, die sich um das Jahr 1733 im fränkischen Kreise furchtbar genug zu machen wußte und die endlich in Coburg beim Einbruch in eine dortige Goldfabrik entdeckt wurde, zog man unter andern auch einen gewissen Moses Hoyum ein. Das Geständnis seiner Mitgenossen sowohl als auch eine Menge anderer Umstände zeigten deutlich, daß er nicht nur Helfershelfer und Teilnehmer, sondern auch Anstifter und Oberhaupt von fast unzähligen Räubereien gewesen sei. Nichts fehlte zur Gewißheit noch, als – sein eigenes Geständnis, aber eben dasselbe war auf keine Art und Weise von ihm zu erhalten. Ob man ihm drohte oder zuredete, ob man ihn zehnfach verhörte, ob man das Bekenntnis seiner Mitgefangenen ihm vorlas, ob man sie persönlich ihm unter die Augen stellte und durch ihre Vorwürfe und Vorstellungen ihn zum Mitgeständnis aufforderte, ob man endlich auch sogar zur Folter schritt und hart genug damit gegen ihn verfuhr; – nichts half! Er beharrte auf seiner Unschuld und auf dem hartnäckigen Leugnen.

Eben dieser Moses Hoyum hatte ein Weib, das noch jung und hübsch, auch bei allen jenen Diebstählen wenig oder fast gar nicht mit beschwert war. Höchstens ein paar Kleinigkeiten von Mitwissenschaft, Hehl und Verkauf konnten ihr – ja auch das nicht ganz erwiesen! – beigemessen werden, und die Haft, in welcher sie gehalten wurde, war daher auch weit gelinder als die Haft der übrigen. Dieses Weib liebte Moses auf das Innigste. Von sich sprach er fast nie, aber sie war der Gegenstand seiner zärtlichen Bekümmernisse. Für sie sparte er sich von dem wenigen Gelde, das er zum Unterhalt erhielt, beinahe die Hälfte ab; für sie nur bat er bei jeder Gelegenheit und fragte jeden Tag: wie es ihr gehe? Ob man ihr auch ein Leid zugefügt habe? und so weiter.

Einst, als er wieder diese Frage ergehen ließ, ward der Kerkermeister aufmerksamer als bisher, dachte ein wenig nach, ging dann zum Vorsitzer der Gerichte und versicherte: Nun habe er das Marter-Instrument gefunden, welches dem Räuber gewiß sein Geständnis entreissen solle. Er begehre nichts als die Erlaubnis: die junge Hoyum im Nebenzimmer ihres Mannes stäupen zu lassen; daß er die Anhörung ihrer Wehklage und ihre Verschonung überhaupt durch sein Geständnis gewiß abkaufen werde, dafür sei er Bürge.

Diese grausame Erlaubnis ward ihm erteilt, noch *den* Abend kündigte man Hoyum jene Seelen-Folter für den nächsten Morgen an. Er erblaßte und erschrak. Er weigerte sich Speise zu sich zu nehmen und brachte die ganze Zwischenzeit versenkt in unbeschreiblicher Traurigkeit zu. Noch schwieg er. Aber als die bestimmte Stunde kam, als er wirklich das Jammergeschrei seines Weibes vernahm, da bat er um Gottes willen nur damit einzuhalten, weil er gern alles gestehen wollte, und was keine körperliche Qual von ihm erpreßt hatte, erpreßte Liebe in der ersten Minute.

In einem Briefe von C. datiert, ohne Unterschrift, erhielt ich diese Anekdote. Sie sei, sagte der Briefschreiber, aus einer damals öffentlich gedruckten, aktenmäßigen Nachricht und buchstäblich wahr.

Da ich diese gedruckte Nachricht nie sah, so kann ich freilich die Anekdote selbst auch nur unter der Bürgschaft liefern, mit welcher ich sie empfing. Wenn sie aber pünktlich wahr ist, wie mir aus Angabe der Namen, des Orts und der Jahreszahl scheint, so ist sie immer kein ganz unverächtlicher Beitrag, nicht etwa zur *Macht der Liebe*, selbst über rohe Seelen, – denn diese Macht ist längst unbezweifelt! – sondern auch zu der traurigen Wahrheit: wie ungerecht oft Richter verfahren können, indem sie der Gerechtigkeit einen Dienst zu leisten glauben.

Der Schieferdecker. Eine ganz wahre Geschichte

Ein Schieferdecker und sein Sohn bestiegen einen hohen, Kirchturm, um am Knopfe desselben eine Ausbesserung vorzunehmen. Der Vater, der schon seine fünfzig Jahre haben mochte, übrigens aber noch rüstig und gesund war, klimmte voran; der Sohn folgte. Die große Menge Volk, die von unten zusah, freute sich anfangs, denn das Klettern ging eine geraume Zeit hurtig und gut vonstatten. Aber desto gräßlicher war auch das Geschrei, das plötzlich entstand. Denn, sieh da! ganz nahe am Knopfe schon, glitt der jüngere Mann plötzlich aus und stürzte herab. Durch den Fall von dieser furchtbaren Höhe zerschmetterte er sich dergestalt die Hirnschale, daß, als man herbeisprang und ihn aufhob, schon nicht mehr die mindeste Spur vom Leben sich zeigte. Der Vater stieg indes unverdrossen weiter, vollbrachte seine Arbeit und kam nach ein paar Stunden wieder herunter, so ernst und gefaßt als nur möglich.

Von allen Seiten umringte ihn nun das Volk. Alle bedauerten, alle beklagten ihn.»Armer Mann! Armer Vater!« riefen wohl hundert auf einmal:»Wißt Ihr schon, wie es mit Euerm Sohn steht?«

»Daß er tot sein wird! Tot sein muß!« erwiderte er ziemlich gelassen.»Beim Sturz von einer solchen Höhe hinab bleibt man freilich nicht lebendig!«

»Aber um Himmels willen! Wie ward Euch denn, als Ihr seinen Fall merktet?«

»Wie's einem Vater werden muß, wenn er seinen liebsten, seinen einzigen Sohn einbüßt! Ganz unerwartet kommt uns zwar allerdings ein solcher Fall nie. Wir steigen immer mit der Besorgnis hinauf, nicht lebend wieder herabzukommen.«

»Und wann – wie – wo merktet Ihr sein Unglück zuerst?«

»O, zeitig genug! Noch zwei oder drei Sekunden eher, als er stürzte!«

»Wie – was sagt Ihr? Eher noch?«

»Nun ja doch, ja! Denn um euch aus dem Traume zu helfen, mein Sohn *fiel* nicht sowohl, – ich selbst *warf* ihn hinunter.«

Ein lauter Schrei des allgemeinen Entsetzens erscholl. »Gott, Gott!« rief alles, » wie war denn das möglich?«

»Das will ich euch wohl erklären: und zwar, wie ich hoffe, recht deutlich! Vielleicht wißt ihr es schon, vielleicht auch nicht – aber kurz, bei unserer Hantierung ist es Sitte und Regel: der Ältere, der Geübtere steigt voran; der Jüngere kommt hinten nach. So wie eine Leiter befestigt worden, wird die andere aufgesetzt und unten angebunden. Dies ist nicht schwer! Aber dann steigt der Vorderste auf dieser halbbefestigten Leiter höher und knüpft sie oben ebenfalls an; und dies ist die Hauptsache, wie ihr leicht begreifen werdet. Als ich heute nun eben im Begriff war, dieses auf einer der allerhöchsten Leitern zu tun, hörte ich plötzlich hinter mir den Ausruf meines Sohnes: ›Ach, Vater, Vater! Wie wird mir! Alles schwarz vor den Augen! Ich sehe nicht mehr, wo ich bin!‹ Sofort schlug ich hinten mit dem rechten Fuß auf gut Glück aus, traf ihn richtig gerade vorm Kopf, und er flog herab, ohne nur noch einen Laut von sich zu geben.«

»Entsetzlich! Entsetzlich! – Abscheulicher Bösewicht! Warum tatet Ihr das?«

»Nun! Nun! Nur gemach! So ganz abscheulich glaube ich doch noch nicht gehandelt zu haben. Bei unserem Handwerk kommt alles darauf an, daß wir nicht schwindlig werden. Wer dieses Unglück hat, in einer gewissen Höhe hat, wo er sich nicht setzen, nicht anhalten, nicht eine geraume Zeit ausruhen kann, der ist verloren – verloren ohne Rettung. Dies war heute meines Sohnes Fall. Da, wo ihm schwarz vor den Augen ward, ließ sich an kein Wieder-Lichtwerden denken. Zwei oder drei Sekunden später stürzte er unausbleiblich hinab. Aber ehe er stürzte, griff er auch gewiß in letzter, bewußtloser Todesangst nach der unbefestigten Leiter, auf welcher ich stand, wollte sich anhalten an ihr; sie gab nach, und wir stürzten dann beide hinunter. Dies, dies alles sah ich in jenem Augenblick unbezweifelt voraus, dem wollte ich vorbeugen, und deshalb gab ich ihm rasch den Stoß, der ihn herabwarf und der mich gerettet hat, wie ihr seht.

Sagt mir ihr alle, die ihr vorhin auf mich als auf einen Bösewicht schmähet: hätte es seinem hilflosen Weibe, seinen unerzogenen Kindern – deren Versorgung mir nun obliegt! – ja hätte es ihm selbst etwas geholfen, wenn ich zugleich mit ihm umgekommen wäre? Mich zu opfern *für* ihn, das könnte Vaterpflicht gewesen sein, doch mich nutzlos zu opfern *nebst* ihm – das, dünkt mich, konnte niemand fordern! Und das bin ich auch erbötig, durch Geistliche und Gerichte entscheiden zu lassen.«

Wohl zwei Minuten durch war eine dumpfe Stille um ihn rund herum. Was ihm zu antworten sei, wußte niemand. Endlich erwachte doch der allgemeine Unwille wieder, und man begehrte seine Verhaftung. Sie geschah, doch auf eine leidliche, anständige Art. Beim ordentlichen Verhöre fuhr er fort einzugestehen, was sonst kein anderer ihm Schuld gegeben haben würde. Seine Tat ward höhern Orts einberichtet; und es ging seinen Richtern, wie es der Volksmenge gegangen war. Sie schauderten anfangs zurück, überdachten sich seine Lage und die Gründe, nach welchen er gehandelt hatte, genauer, und mußten gestehen: er habe nach einer zwar gräßlichen, doch richtigen Logik geschlossen, habe eine grausame und doch bewundernswürdige Gegenwart des Geistes bewiesen, und ihr einstimmiges Urteil war, daß er aller Haft und Strafe zu entlassen sei.

Mord an seiner Frau, um ihre Seele zu retten

Auf einem Dorfe, ungefähr eine starke Meile von Dresden, Birnichen mit Namen, lebte vor wenig Jahren ein Bauer namens Heine; er besaß einiges Vermögen und einen unbescholtenen Ruf, so lang er ledig blieb. Aber kaum war er verheiratet, als ihn die Eifersucht seiner Frau oft aus dem Hause trieb und die Gesellschaft seines Schwiegervaters zu Trunk und Spiel verleitete. Er verließ nachher zwar den Ort, wo er bisher gelebt hatte, und kaufte in einem andern Dorfe ein ansehnliches Gut; doch da er auch hier sein unordentliches Leben fortsetzte und da weder er selbst noch seine Frau der Landwirtschaft sich tätig annahmen, so gerieten sie von Tag zu Tag in mehreren Verfall ihres Vermögens; die Schuldner klagten; der Tag der Hilfsvollstreckung war bereits angesetzt; seine Brüder, die wohlhabend und bis jetzt seine letzte Hoffnung gewesen waren, sagten sich von ihm los, und sein Ruin war entschieden.

Doch alles dies war nur geringes Leiden gegen einen andern täglichen Verdruß. Seine Frau nämlich, die den Gedanken der herannahenden Armut noch weit weniger als er selbst ertragen konnte, unterließ nicht, ihn jeden Augenblick mit Vorwürfen zu überhäufen. Er allein, hieß es, habe sie in dieses unübersehbare Elend gestürzt, wo der Bettelstab, wo Schimpf und Qual ihrer warteten und wovon nur ein freiwilliger Tod sie erlösen könne. Nächstens sei sie entschlossen, denselben sich anzutun; denn unmöglich könne dort, wenn sie auch ungerufen komme, ein so großer Jammer ihr bestimmt sein; wohl aber müsse die ganze Last ihrer Verdammung immer und ewig auf demjenigen ruhen, der sie zu diesem Schritte gedrängt habe.

Diese letzte Drohung erschütterte ihn tief: er hörte sie so oft und mit so ernstlichem Tone wiederholt, spürte in seiner Gattin übrigen Handlungen einen mit jedem Tage so sichtlich wachsenden Tiefsinn, daß er an der Wahrheit ihres Entwurfs nicht zweifeln konnte, und fühlte daher das Besorgnis eines traurigen Endes auch täglich bei sich gemehrt.

Vorstellungen aus Gründen der Religion wirken tiefer als alle irdischen; das ist eine gewöhnliche und auch hier bestärkte Wahrnehmung. Ihn, der bisher mit ruhiger Gelassenheit sich dem Abgrund der äußersten Dürftigkeit genähert hatte, war der Gedanke, Schuld am Verderben einer Seele, zumal der Seele seiner Frau, zu sein, war die Vorstellung von der Anklage in jenem Leben so schrecklich, daß er alles zu tun beschloß, um solcher, es sei auf welche Art es wolle, los zu werden. Der Verlust seines eigenen Lebens, wo er nur Elend und Gewissensbisse seiner warten sah, war ihm hierbei eine Kleinigkeit, und es erhob sich im Innern seines Herzens ein *Gedanke*, der bald zum *Vorsatz* ward, zum festen Vorsatz, seine Frau umzubringen, ehe sie selbst Hand an sich lege; zuvor aber, da nicht Haß, sondern wahre Liebe zu diesem schrecklichen Vorhaben ihn verleitete, auch alles zu tun, was ihre Seele zu retten dienlich wäre.

Sein erstes Bestreben ging nunmehr dahin, ihr wieder Hoffnung zur Verbesserung ihrer Glücksumstände zu machen. Es gelang ihm durch falsche Nachrichten, die er ihr von seinem Advokaten und von seinen Brüdern brachte. Die arme Unglückliche glaubte bald, was sie so eifrig wünschte, und fing an, sich von neuem aufzuheitern. Kaum merkte er dies, als er ihr vorschlug, das heilige Abendmahl zu genießen; auch dazu war sie willig, und beide empfingen es mit möglichster Andacht; er betete selbst mit ihr, sprach viel vom Sterben, kurz, tat alles, was, seiner Einfalt nach, ihm fähig zu sein dünkte, sie unbemerkt und unwissend zu dem nahen wichtigen Schritt vorzubereiten.

Indes nahte sich der zur Hilfsvollstreckung bestimmte Tag. Er wandte heimlich alles Mögliche an, um ihn noch zu entfernen, jedoch umsonst; und als er nun alles verloren sah, setzte er den Abend vorher zur Vollbringung seines Vorhabens an. Er war in der Stadt gewesen und täuschte, als er heim kam, seine Frau von neuem mit den günstigsten Nachrichten. Sie ging froh zu Bette; er setzte sich vor dasselbe, sprach mit ihr von verschiedenen künftigen Einrichtungen, las ihr einige Kapitel aus der Bibel und einige Gebete vor, und so entschlief sie.

Kaum sah er dies, als er zu dem bereitliegenden tödlichen Gewehr, einer geladenen Flinte, eilte; er drückte diese auf sie los, und sie starb, ohne selbst zu wissen, wie? Sein Rufen sowohl als der Schuß erweckten das Hausgesinde; sein Geständnis setzte alle außer sich; nur er blieb gelassen und schickte selbst nach den Gerichten, denen er sich willig gefangen gab; die ganze Zeit seiner Haft hindurch den ersten Mut beibehielt, und endlich seine Strafe mit einer Unerschrockenheit litt, die jeden Zuschauer zum Mitleid bewegte. Wie viel hier Stoff zur Ausschmückung und Verschönerung vorrätig wäre, sieht jeder leicht. Mit Vorbeilassung alles dessen frage ich bloß: Wo ist derjenige, der mir unwidersprechlich sagen kann, daß dieser arme Inquisit gut oder böse, mitleidig oder grausam gehandelt habe? Ob ein stärkerer Beweis *gutgemeinter* Liebe möglich gewesen sei? und ob nicht ein solcher Fehltritt, der vor menschlichem Richterstuhl allerdings des Todes wert war, vor jenem höhern Tribunal ein *verzeihlicher*, wo nicht gar *verdienstlicher Irrtum* gewesen sein dürfte?

O ihr Kenner des menschlichen Herzens! Ihr wollt zuweilen ein Fältchen desselben entwickeln, aber Millionen Tausend entschlüpfen euch.

Und ihr Aufzeichner menschlicher Begebenheiten, was gilt es, bei eben erzählter Begebenheit stand in zwölf Zeitungsblättern:»Den und den Tag ward gerichtet N. N.! Er hatte liederlich sein ganzes Vermögen verschwendet und dann seine Frau umgebracht.«

Kein unwahres Wort, und doch jedes so falsch!

Die Edelfrau unter Mördern

Ein sehr schönes Landgut war es, in wahrhaft romantischer Gegend, nur etwas fern von der Heerstraße gelegen, wo Baron von R. den Sommer hinzubringen pflegte. Sein Schloß, auf einem kleinen Hügel erbaut, war ganz seinem übrigen Reichtum gemäß, geraum, schön von innen und außen, ausgeführt in einem edlen Stil, getrennt vom übrigen Dorfe um ein paar hundert Schritte ungefähr. Einst mußte der Baron in Geschäften auf wenige Tage wegreisen. Seine Gemahlin, eine schöne junge Dame, kaum zwanzig Jahre alt, blieb zurück. Sei es aus Laune oder aus Notwendigkeit, kurz, sie blieb. Ein paar seiner besten Bedienten hatte er mit sich genommen, ein paar andere blieben bei ihr zurück. Von Unsicherheit hatte man nie noch in dieser Gegend etwas gespürt. Die Baronin überhaupt gehörte nicht zum furchtsamen Teil ihres Geschlechtes; Gedanken der Gefahr kamen daher auch nicht im Traume ihr bei.

Jetzt, des zweiten Abends, wollte sie eben in ihr Bett einsteigen, als in dem Nebenzimmer ein schreckliches Getöse entstand. Sie rief. Niemand antwortete ihr, aber immer stärker ward das Lärmen, das Schreien, das Poltern. Sie begriff nicht sogleich, was das sein könne, warf ein leichtes Gewand um sich und ging nach der Tür, um nachzusehen. Ein schrecklicher Anblick, der sich ihr darbot! Zwei ihrer Bedienten lagen in der Mitte des Zimmers, halb nackt und mit zerschmettertem Haupte; das ganze Gemach war voll fremder gräßlicher Menschen; vor einem derselben kniete so eben der Baronin Kammerfrau und empfing, statt der gebetenen Gnade, den tödlichen Stoß. Auf die eröffnete Tür eilten sogleich mit gezogenem Säbel zwei dieser Barbaren los. Welcher Mann, geschweige welches Weib, hätte bei solch einem Auftritt nicht im namenlosen Schrecken Leben und alles für verloren geachtet? Ein lauter Schrei der Verzweiflung, eine Flucht von wenigen Schritten, eine fruchtlose Bitte um Verschonung, das wären vermutlich die letzten Rettungsversuche von vielen Tausenden gewesen. Doch die Baronin handelte nicht also!

»Seid ihr da?« rief sie mit dem Tone der innigsten Freude aus und stürzte selbst ihren zwei Angreifern mit einer Hast entgegen, die beide gleich stark befremdete, die das gezückte Gewehr von beiden glücklich zurückhielt. »Seid ihr da?« rief sie nocheinmal. »Gäste wie euch habe ich mir längst gewünscht.«

»Gewünscht?« brüllte einer von diesen Mördern! »Wie meinst du das? Warte, ich will –«

Er schwang den Hirschfänger bereits, sein eigener Kamerad hielt ihn auf. »Halt noch einen Augenblick, Bruder!« sprach er, »laß uns erst hören, was sie will!«

»Nichts anderes, als was auch euer Wille ist, brave Spießgesellen! Ihr habt trefflich hier aufgeräumt, wie ich sehe. Ihr seid Leute nach meinem Sinn, und gereuen wird es weder euch noch mich, wenn ihr nur zwei Minuten lang mich anzuhören geruht.«

»Rede!« schrie der ganze Schwarm. »Rede!«

»Aber mach's kurz!« rief der Gräßlichste von ihnen: »Denn auch mit dir werden wir des Federlesens nicht allzu viel treiben!«

»Was ich doch hoffe, wenn ihr mir nur auszureden vergönnt. Seht, ich bin zwar die Frau des reichsten Kavaliers im Lande. Aber unglücklicher als ich kann selbst die Frau des niedrigsten Bettlers nicht sein. Mein Mann ist der schäbigste, eifersüchtigste Filz, den je die Erde trug. Ich hasse ihn, wie man seine Sünde haßt, und von ihm loszukommen, ihm auszuzahlen zugleich, was er bisher mir lieh, das war längst mein innigster Wunsch. Zwanzigmal wäre ich schon entwischt, nur das Wegkommen galt Kunst. Alle meine Bediente waren seine Kundschafter, derjenige, dessen Hirnschale ihr dort so kräftig handhabt, war der Ärgste von allen. Selbst daß ich allein schlafe, ist ein Probestück von der Eifersucht meines Gemahls. Seht, ich bin erst zweiundzwanzig Jahre alt und bin, wie mich dünkt, wenigstens nicht ungestaltet. Trüge jemand von euch mich mit sich zu nehmen Belieben, ich schlüge ein, folgte ihm nach, die Reise möchte nun in den Busch oder zu einer Dorfschenke gehen. Auch sollte es euch alle nicht gereuen, das Leben mir geschenkt zu haben. Ihr seid in einem reich versehenen Schlosse; doch alle Schlupfwinkel desselben kennt ihr unmöglich. Ich will sie sämtlich euch zeigen, und tut mir dann, wie ihr meiner Kammerfrau tatet, wenn dies nicht wenigstens um sechstausend Taler euch reicher macht.«

Bösewichter sind Räuber dieser Art freilich, aber *Menschen* bleiben sie dennoch. Das gänzlich Unerwartete in der Baronin Rede, der unbefangene Ton, mit dem sie sprach, die nicht gemeine Schönheit einer jungen, halb entkleideten Frau – alles dies brachte bei Männern, deren Hände noch von eben vergossenem Blute rauchten, eine ganz sonderbare Wirkung hervor. Sie traten zusammen auf einen Haufen und besprachen sich halbleise einige Minuten durch. Ganz allein stand die Baronin jetzt, doch machte sie nicht den geringsten Versuch, zu entfliehen. Sie hörte gar wohl die Worte von zwei oder dreien:»Nieder mit ihr, und das Spiel hat ein Ende!« Aber sie veränderte ihre Farbe kaum, denn der Widerspruch der übrigen entging ihrem feinen spitzenden Ohre ebensowenig, und jetzt trat auch einer, der mutmaßlich Hauptmann der Bande sein mochte, zu ihr.

Er wiederholte zwei- bis dreimal die Frage: Ob man auch buchstäblich ihren Worten trauen dürfte? Ob sie wirklich von ihrem Manne weg- und mit ihnen durchzugehen entschlossen sei? Ob sie bereit wäre, sich einem von ihnen, und wenn er es selber wäre, zum Vergnügen für die wenigen ruhigbleibenden Nächte zu überlassen?

Und als sie dies alles bejaht, als sie den kräftigen Kuß des Räubers geduldet, ja selbst – denn was entschuldigt Not nicht? – erwidert hatte, erging endlich der Befehl an sie:»Nun so komm dann und führe uns herum! Der Teufel trau euch Edelweibern zwar, doch wollen wir es wagen für dies Mal. Nur so viel wisse: bis zur Gurgel spaltet sich dein Kopf, und wenn er zehnmal hübscher noch wäre, in eben dem Augenblick, als wir eine Miene von Entfliehen oder Betrug an dir merken.«

»So wird er nie gespalten! So werde ich, wenn dies nur Bedingung meines Todes wäre, euch alle und selbst den ewig wandernden Juden überleben!«

Lächelnd sagte die Baronin dies, ergriff mit einer Hast, als sei ihr selbst an Plünderung und Entfliehen wer weiß wieviel gelegen, das nächste Licht, führte den ganzen Schwarm in allen Gemächern herum, schloß jede Tür, jeden Schrank und jede Kiste ungefordert auf, half ausleeren und einpacken, scherzte mit der heitersten Laune, sprang gleichgültig über die ermordeten Körper hinweg, sprach zu jedem dieses schändlichsten Gelichters wie zu einem alten Bekannten und bot willig, selbst zur mühsamsten Arbeit, ihr zartes Händchen an.

Silberwerk und Gerätschaften, bares Geld und Geldeswert, Kleinodien und Kleider waren nun zusammengerafft, und der Hauptmann der Bande gab schon zum Abmarsch Befehl, als seine neubestimmte Braut ihn hastig beim Arme ergriff.

»Sagte ich's nicht«, rief sie aus, »daß es euch keineswegs gereuen sollte, an mir eine Freundin gefunden und meines Lebens geschont zu haben? Ihr könnt zwar weidlich ausräumen, wo ihr etwas *offen* findet, aber schade nur, daß bei jedem etwas *verborgen* liegenden Schatze eure Wünschelruten nicht anschlagen!«

»Verborgen? Was? Wo ist noch etwas verborgen?«

»Wie, glaubt ihr denn, daß es in den Schränken, der kostbaren Güter so voll, gar keine heimlichen Fächer geben könne? Merkt auf hier, und ihr werdet dann anders urteilen!«

Sie zeigte auf eine verborgene Feder im Schreibpult ihres Gemahls. Man drückte, sie sprang auf, und sechs Rollen, jede von zweihundert Dukaten, fielen heraus.

»Wetter!« rief der Räuber-Anführer aus, »nun sehe ich, du bist ein braves Weib. Ich will dich halten dafür wie eine kleine Herzogin.«

»Und wohl gar höher noch«, fiel sie lachend ein, »wenn ich noch eines, obschon das letzte von allen, euch sage? Daß ihr Kundschafter gehabt, die meines Tyrannen Abwesenheit euch steckten, das begreif ich wohl. Aber haben diese nicht auch von den viertausend Gulden, die er vorgestern erst einnahm, ein Wörtchen euch gesagt?«

»Nicht eine Silbe: Wo sind sie?«

»O gut verwahrt! Unter Schloß und Riegel siebenfach! Ihr hättet sie und den eisernen Kasten, der sie einschließt, sicher nicht gefunden, stände meine Wenigkeit nicht mit euch im Bunde. Mit mir, Kameraden! *Über* der Erde sind wir fertig; nun mag's auch *unter* dieselbe gehen. Mit mir, in den Keller, sage ich!«

Die Räuber folgten, aber nicht ohne Vorsicht. An den Eingang des Kellers, mit einer tüchtigen eisernen Falltür versehen, ward ein Mann zur Schildwache gestellt. Die Baronin gab auf alles das nicht acht. Immer voran führte sie den Schwarm in des Kellers äußerste

Vertiefung zu einem unterirdischen Kämmerchen. Sie schloß auf, und der angegebene Kasten stand in einem Winkel da.

»Hier!« sagte sie und bot dem Hauptmann einen Schlüsselbund dar: »Hier! Schließ auf und nimm, was du findest, zum Hochzeitsgeschenk an, wenn du deiner Gefährten Einwilligung so leicht als die meinige erhältst!«

Der Räuber versuchte einen Schlüssel nach dem andern; keiner paßte. Er ward ungeduldig; die Baronin war es noch weit mehr.

»Weis her!« sprach sie. »Ich hoffe besser und schneller damit umzugehen. Wahrlich, der Morgen könnte sonst – Ha, sieh da, nun begreif ich sehr wohl, warum dir und mir es mißlang. Verzeiht! So lieb euer Besuch mir ist, so hat er mich doch, wie ich gern gestehe, eben dieser Freude, eben dieses Unerwarteten halber, ein wenig aus der Fassung gebracht. Ich habe den falschen Schlüsselbund vorhin ergriffen. Zwei Minuten Geduld, und der Fehler soll gehoben sein.«

Sie lief die Treppe hinauf, und ehe jene zwei Minuten vorbei waren, hörte man schon sie wieder kommen, doch ging sie langsamer, gleichsam atemlos von allzu großer bisheriger Eile. Gefunden! Gefunden! rief sie schon von ferne. Jetzt war sie ungefähr drei Schritte noch von der Schildwache an des Kellers Eingang. Aber jetzt sprang sie auch mit einem Sprung auf diesen Elenden los, der eher des Himmels Einsturz als solch einen Überfall sich versah. Ein einziger Stoß aus allen Leibeskräften, und hui flog er die Kellertreppe hinab. In eben dem Nu schlug sie die Falltür zu, schob den Riegel vor und hatte die ganze Bande in den Keller versperrt.

Alles dies das Werk eines Augenblicks! Im nächsten flog sie über den Hof des Schlosses und steckte mit dem Lichte in der Hand einen ganz einsam stehenden Schweinestall an. Er loderte auf wie eine Schütte Stroh. Im nahen Dorfe sah der Wächter die Flamme sogleich und machte Lärm. Binnen wenigen Minuten war alles aus den Betten, und eine Menge von Bauern und Knechten eilte aufs Schloß zu. An der Hoftür wartete die Baronin ihrer.

»Dies Geniste zu löschen oder zu verhüten bloß, daß die Flamme nicht weiter greife«, sprach sie, »sind wenige von euch schon genüglich. Aber bewaffnet euch jetzt mit Gewehr, welches ihr in der Rüstkammer meines Gemahls im Überfluß finden werdet, umsetzt die Zuglöcher des Kellers und laßt von dem hineingesperrten Mörder- und Räubergesindel keinen entfliehen!«

Man gehorchte, und es entkam kein einziger der Gefangenschaft und seiner Strafe.

Mörder, nach Übereinstimmung aller Umstände und seiner eigenen Überzeugung, und dennoch unschuldig

Daß *Zeugen* und *Richter* durch den Anschein verführt werden können, einen Unschuldigen für schuldig zu erkennen, dieser Fall mag leider nur allzu oft sich zutragen. Aber wenn nun sogar der *Angeklagte* selbst einen solchen Urteilsspruch im Innersten seiner Seele für gerecht erklärt, wenn er sich mit vollster Überzeugung für den Täter einer Tat bekennt, die er – nicht beging, wenn er, ganz ohne Folter und Zwang, bereit ist, durch Aufopferung seines eigenen Lebens eine Blutschuld auszusöhnen, die – nicht auf seiner Seele lastet? Was soll man dann erst von der Ungewißheit menschlicher Gerichtsbarkeit denken?

In den meisten holländischen Festungen hatte man sonst (und vielleicht auch noch jetzt!) die Gewohnheit, der Besatzung alljährlich, wenn sie ihre sogenannten großen Exercitien gemacht hatte, einige Freiabende einzuräumen, an welchen sie, nach eigenem Belieben, durch Singen, Spielen, Zechen und Tanzen sich belustigen und von vollbrachter Arbeit ausruhen durfte.

Die Absicht dieser Einrichtung war recht gut, aber der Erfolg war es doch nicht immer. Das lebhafte Blut dieser Krieger verwandelte nicht selten jene Stunde einer *allgemeinen* Freude in Auftritte, die für manchen *Einzelnen* sehr ernstlich wurden. Vorzüglich war dieses schon einige Mal der Fall in *Herzogenbusch* gewesen, wo eine sehr gemischte Besatzung lag und wo das eine Regiment fast ganz aus Wallonen bestand, die sich noch nie – weder im Krieg noch Frieden! – durch eine genaue Mannszucht empfahlen. Fast nie verging dort ein solcher Abend ohne Händel. Fast nie waren des andern Morgens alle Stirnen so ganz, alle Körper so unverwundet, als sie es ungefähr sechzehn oder siebzehn Stunden früher gewesen waren.

Einst (es mag nun an die vierundzwanzig Jahre sein!), als man wieder an gedachtem Orte eine solche Tragikomödie begangen hatte, fand man gegen Morgen, mitten auf der Straße, unweit einem der besuchtesten Weinhäuser, einen Grenadier entseelt und ganz in seinem Blute schwimmend liegen. Eine tiefe, tödliche Halswunde hatte ihn dahingestreckt, und, um diesen Anblick noch gräßlicher zu machen, lag einer seiner Kameraden, mit welchem der Getötete schon eine geraume Zeit in Unfrieden gelebt hatte, die Quere auf ihm, gab sich durch seine wütende Miene, durch seinen gezogenen blutigen Säbel und durch den Ort, wo man ihn fand, augenscheinlich als den Mörder an, schlief aber auch zugleich, des Weines übervoll, auf diesem Leichname, dem Schlachtopfer seiner Wut, eben so sanft, als ob er auf dem weichsten *Sofa* ruhte. Man hob sie beide auf, versuchte fruchtlos, ob bei dem Erstem noch eine Hilfe möglich sei, und brachte den Zweiten, der jetzt ebenfalls einem Toten mehr als einem Lebenden glich, ins Gefängnis, wo er nach einigen Stunden sein Bewußtsein wieder erhielt und beim Erwachen nicht wenig staunte, sich *hier* zu befinden.

Noch mehr erschrak er, als er vernahm, *wo* man ihn angetroffen und was er angestellt habe. Er wagte es nicht, auch nur mit einer einzigen Silbe, die Tat selbst abzuleugnen. Er versuchte es ebenso wenig, ihr den Schein einer Notwehr oder eines ungefähren Zufalls zu geben. Sein wiederholtes, reumütiges Geständnis lautete vielmehr ungefähr also: Er erinnere sich leider nur allzu wohl, daß er im Taumel des gestrigen Rausches mit seinem Kameraden sich abermals, wie schon oft geschehen, heftig überworfen habe. Er erinnere sich nicht minder, daß dieser, ebenfalls berauscht, vor ihm aufgestanden und mit Schimpfen und Schmähen weggegangen sei. Hierdurch noch mehr ergrimmt, mit gezogenem Säbel und mit dem festen Entschluß des Mordes verfolgt. Nun müsse er zwar gestehen: so wie er vor die Haustür gekommen, habe ihn auch die äußere kalte Luft so rasch angefallen, daß er von diesem Augenblick an keine Silbe mehr von sich und seinem Zustande wisse. Doch, was er getan, wozu Zank und Trunk ihn verleitet hätten, das sähe er jetzt nur allzu deutlich, bitte auch um nichts als um eine etwas gnädigere Strafe, weil sein Rausch doch einen großen Teil seines strafbaren Vorsatzes wegnähme.

Mit dieser Aussage stimmte auch die Erklärung des Wirts und einiger anderer Gäste überein. Alle hatten den Zank mit angehört. Fast alle versicherten, daß der Inquisit selbst ihn angefangen habe. Daß der Ermordete sich diesen oder einen vorigen Abend mit sonst jemanden überworfen hätte, wußte man nicht. Den Mörder hatte man mit gezogenem Säbel dem Weggehenden nacheilen gesehen. Weiter war sich freilich nicht um ihn bekümmert worden.

Alles, was die Richter daher auf eine solche Aussage tun zu können glaubten, war: daß sie die Todesstrafe des Rades in *Erschießung* verwandelten. Der Inquisit selbst dankte ihnen für diese Milde und bereitete sich zu seinem Ende, so gut er konnte. Am anberaumten Tage ward er hinausgeführt und in den Kreis gebracht. Dort las man ihm nochmals sein Urteil vor; der Priester segnete ihn ein; er kniete bereits nieder; die Augen wurden ihm, nach gewöhnlicher Art, verbunden; sechs Mann, die auf ihn feuern sollten, standen schon zum Anschlagen bereit, und der Offizier, der das tödliche Zeichen geben mußte, griff nun so eben nach dem weißen, dazu bestimmten Tuche, als ein Soldat, der im ersten Gliede jener sechs Beorderten stand, plötzlich sein Gewehr wegwarf, seinem Nachbar zur Rechten und zur Linken gleichfalls ihre Flinten aus den Händen schlug und laut rief:»Nein, länger halt ich es nicht aus! Ich, ich selbst bin der Mörder! Dieser hier ist unschuldig!«

Ein allgemeines Erstaunen bemächtigte sich der Zuschauer. Wie eine solche Selbstanklage gegründet sein könne, begriff niemand und am allerwenigsten der Verurteilte. Es war ja alles schon eingestanden! Alles so klar und deutlich! Da indes jener Grenadier auf seiner Rede bestand, da er versicherte: daß bei einem ordentlichen Verhör sich alles aufklären würde, da sich bei ihm selbst auch nicht die geringste Spur eines Wahnsinns fand, so schob man sehr natürlich die Vollstreckung des Todesurteils auf, führte beide Soldaten in den Verhaft zurück, und, siehe da, zur unbeschreiblichsten Verwunderung aller leistete die Aussage des Letztern nur allzu treulich, was er versprochen hatte!

Er sei, gestand er, nicht nur Mörder, nüchterner Mörder, sondern sogar ein Bösewicht, der nach dem kältesten, überdachtesten Plane gehandelt habe. Schon seit zwölf Jahren sei er im Geheim des Erschlagenen (der ihn einst bei einem Liebeshandel ausgestochen) Todfeind gewesen, habe ihm oft genug im Herzen den gewissen Untergang geschworen; nur über die Mittel hierzu hätte er mit sich selbst nicht einig werden können. Ihn vorwärts, im offenen Streit anzugreifen, dazu habe er sich zu schwach und, frei gestanden, auch zu verzagt gefühlt. An anderer Gelegenheit, ihm unbemerkt beizukommen, habe es ihm stets gemangelt. Endlich sei ihm eingefallen: ob er nicht vielleicht seinen Feind bei der letzten Schmauserei zum Zank mit einem Dritten reizen und dann den Verdacht des Mordes auf einen Unschuldigen wälzen könne. Aufs vollkommenste sei ihm dies gelungen. Denn durch ihn heimlich angereizt, hätten Inquisit und jener Ermordete zusammen einen Wortwechsel angefangen, der bald bis zur höchsten Erbitterung fortgeschritten wäre. Wie der Zank im vollsten Gange gewesen, habe er sich fortgeschlichen, und draußen in einem Winkel der Straße aufgepaßt. Bald darauf sei sein Feind bei ihm vorbei gewankt; von niemanden bemerkt, sei er ihm nachgeschlichen, habe den tödlichen Streich gegen ihn geführt, und zwar so gut getroffen, daß jener Unglückliche sogleich, entseelt, ohne Schrei und Laut hingesunken sei. Gleich nachher wäre auch der Zweite sinnlos getaumelt hergekommen, über den Leichnam gestrauchelt, und – das Rückständige weiß man schon. Alles habe er nachher seinen ordentlichen Lauf nehmen lassen. Auf ihn sei auch nicht der entfernteste Verdacht gekommen. Doch da er jetzt, durch ein Ungefähr, ausersehen worden, auf eben denjenigen zu feuern, den er einzig und allein ins Unglück gestürzt, da habe ihn die geduldige Ergebung dieses Armen, der sich selbst für schuldig gehalten, unbeschreiblich stark ergriffen. Sein Gewissen sei erwacht, und er begehrte nun seine verdiente Strafe.

Die er wirklich einige Tage darauf durch das Rad erhielt!

Mord-Entdeckung durch Träume

In einem ansehnlichen Dorfe[3] des Kantons B. lebte der Schulze W. (wiewohl er noch kaum sechsunddreißig Jahre alt sein mochte) schon in der dritten Ehe. Seine ersten beiden Weiber, gegen welche er sich immer äußerst gut und freundlich betragen hatte, waren ihm im ersten Wochenbette, und zwar beide, sehr schnell gestorben. Die dritte, die er jetzt hatte und die er ganz vorzüglich zu lieben schien, war ein junges, schönes, starkes und gesundes Weib. Ein Kind, das sie ihm am Ende des ersten Jahres ihrer Ehe geboren hatte, war wenige Stunden nach der Geburt wieder erblichen; bald darauf ging sie mit dem zweiten schwanger. Er selbst galt für einen braven, sein Amt mit Einsicht und Redlichkeit verwaltenden Mann, der von seinen Mitbrüdern geliebt und geachtet wurde. Als ihm sein Weib diesmal einen gesunden, rüstigen Jungen – die Kinder der vorigen Frauen waren Mädchen – zur Welt brachte, war er vor Freude fast außer sich. Das halbe Dorf ward zum Kindtaufs-Schmause eingeladen.

Die Wöchnerin selbst befand sich nach der Geburt so gut als immer möglich. Dieses Mal konnte der Schulze gewiß ohne Sorgen sein, die Gattin zu verlieren!

Dennoch, am dreizehnten oder vierzehnten Tage, als er gerade in Amtsgeschäften ausgegangen war und am Ende des Dorfes sich befand, kam ihm einer seiner Dienstboten mit der Schreckens-Post nachgeeilt: Man habe seine junge Frau tot im Bette gefunden. Ohne Zweifel müsse ein Schlag-Fluß sie getroffen haben.

---

[3] Auch diese Geschichte habe ich von unbekannter Hand, wahrscheinlich aus der Schweiz, eingeschickt erhalten. Dieses Incognito, und weil mir immer ist: als hätte ich schon irgendwo eine ähnliche Geschichte gelesen, bewegt mich zu dem Wunsche: daß man sie hier auch nur als eine Zugabe betrachte.

Sollte sie wirklich schon irgendwo gedruckt sein, so bitte ich um Verzeihung. An fruchtloser Mühe, mich davon zu überzeugen, habe ich gewiß es nicht mangeln lassen. Sie ganz zu verwerfen, glaubte ich mich doch nicht berechtigt. Daß ich übrigens die Träume des Vaters von der Ermordeten nicht für eine übernatürliche Ahnung, sondern für ein sehr natürliches Mißtrauen halte – wie wohl die späte Äußerung desselben und das nachherige Beharren darauf allerdings merkwürdig ist – brauche ich wohl kaum zu erinnern?

Selbst beinahe halb tot sank der Schulze bei dieser Nachricht auf die nächste Bank. Mit Mühe brachte man ihn zur Besinnung zurück. Kaum war er seiner wieder bewußt, so eilte er heim, warf sich auf den Leichnam seines Weibes, heulte, schrie, jammerte – fast mehr, als sich für einen Mann geziemt; was nur Chirurgus, Hebamme und die alten Weiber des Dorfes rieten, ließ er versuchen, um die Erblichene in das Leben zurückzubringen. Doch der Tod gab, nach gewöhnlicher Weise, seine Beute nicht heraus, und die junge, früh verstorbene Wöchnerin ward am dritten Tag beerdigt.

Sie hatte, als sie starb, keine Mutter mehr am Leben, wohl aber noch einen Vater, dessen einziges Kind sie war und von dem sie unsäglich geliebt wurde. Daß dieser ebenfalls bitterlich bei ihrem Leichenbrote und an ihrem Grabe weinte, läßt sich leicht denken. Aber was dem ganzen Dorf höchst unerwartet kam, war: daß eben dieser am vierten Tage nach jener Beerdigung vor dem Dorf-Gerichte erschien und seine Rede allda ungefähr folgendermaßen anbrachte: »Ihr wißt, daß ich eine Tochter verloren habe, die mir über alles wert war. Sie lebte mit dem Schulzen hier in einer Ehe, die mir immer als äußerst glücklich vorkam. Ihre Gesundheit schien unverwüstlich zu sein. Ich hoffte nichts Gewisseres, als daß sie mir einst die Augen zudrücken sollte. Jetzt ist sie plötzlich gestorben; wie mich das schmerzt – nein, das läßt sich nicht aussprechen. Aber um meinen Jammer recht überschwenglich zu machen, sehe ich sie, seit ihrer Beerdigung, alle Nächte im Traume. Sie deutet dann auf das Grab hin und sagt mir: Sie sei ermordet worden. Es ist freilich nur ein Traum. Aber zu meiner Beruhigung erlaubt mir nur das Einzige, daß ich sie noch einmal ausgraben und besichtigen lassen darf!«

Man fand diese Bitte sehr unstatthaft; man war eben im Begriff, sie ihm ganz abzuschlagen, als der gebeugte Vater bei seinem Verlangen noch einen Fürsprecher fand, und dieser war – der Schulze selbst. »Bei diesem Todesfall habe niemand«, sagte er, »so viel, oder wenigstens mehr als er, verloren. Das Leben der Verblichenen mit zwei Dritteilen seines Vermögens zu erkaufen, sei er gern bereit. Auch ihm, wenn er oft für sich allein nachdenke: wie unerwartet ihn dieser Schlag getroffen, dann sei ihm auf Augenblicke: als wäre dies alles unmöglich! Als wäre die Gestorbene nicht tot! Um so minder könne der Schmerz des Vaters ihn befremden und selbst der

Verdacht der Ermordung ihn beleidigen. Freilich habe der Vater nicht gesagt: Wen er für den Mörder halte. Aber um so wichtiger sei es, auch den kleinsten Schein des Argwohns zu zerstreuen; und er begehre nun selbst, daß der Leichnam zur Besichtigung wieder ausgegraben werde.«

Jetzt hatte niemand weiter etwas dagegen einzuwenden. Die Ausgrabung ging noch diesen Morgen vor sich. Chirurgus und Hebamme – kein Arzt war in der Nähe! – wurden zur Besichtigung gerufen. An andern gültigen Zeugen gebrach es auch nicht. Aber am ganzen Leichnam fand sich nicht die kleinste Spur einiger Gewalttat. Einige blaue Flecke an der linken Seite galten für deutliche Kennzeichen des Schlagflusses. Das einstimmige Urteil aller, die es verstanden oder zu verstehen glaubten, war: Natürlicher Tod! Der Leichnam ward wieder in Sarg und Gruft gebracht. Der Geistliche sprach dem jammernden Vater Trost zu. Der Schulze, der ebenfalls häufige Tränen vergoß, ließ gegen diesen letztern auch nicht ein Sonnenstäubchen von Unwillen blicken. »Gott gebe uns beiden Linderung unseres Jammers!« Das war sein frommer inniger Wunsch, als sie vom Gottesacker wieder heim gingen.

Vier bis fünf Tage verstrichen abermals. Im Dorfe sprach fast niemand mehr von jenem Todesfalle, als plötzlich wieder der Vater vor Gericht erschien.

Was er begehren wolle, sagte er, davon sehe er selbst das Sonderbare, beinahe Unbillige ein; und dennoch könne er seinen innern Drang nicht bezähmen. Immer noch, wo er gehe, stehe und liege, verfolge ihn die qualvolle Vorstellung: Deine Tochter ist doch ermordet, und zwar von ihrem Manne ermordet worden! Warum? Und wie? Das wisse er nicht. Daß man keine Spur an ihrem Körper gefunden habe, sagte er sich allstündlich selber vor. Dennoch könne er nicht ruhen; dennoch wollten jene Träume und das Bild seiner jammernden Tochter von seinem Lager nicht weichen; und er bitte, flehe, beschwöre sie daher, nur noch eine Besichtigung anzuordnen.

Die Gerichte staunten, sehr natürlich, jetzt noch mehr als das erste Mal. Diese Bitte schien ihnen ein wahrer Unsinn zu sein. Die Beleidigung ihres Oberhauptes verdroß sie; der Schulze selbst blieb nicht mehr, was ihm auch alle verziehen, bei seinem ersten Gleichmut.

Er sei, sagte er, nun namentlich von seinem Schwiegervater der schändlichsten Bosheit beschuldigt worden. Nur die einzige Vorstellung: daß der Kummer des Alten in Wahnsinn übergehe, könne ihn noch ein wenig besänftigen und von gerechter Klage zurückhalten. Schon sei der Leichnam seiner seligen, geliebtesten Frau einmal vergebens in der Ruhe gestört worden. Zur Gewissenssache werde es ihm, dieses noch öfter zu tun. Nicht der geringste Grund zu jenem schmählichen Verdacht sei vorgebracht worden. Billig verdiene daher auch jene Bitte Abweisung und Bedrohung im Wiederholungsfall. Indes da er seines guten Namens und der Befriedigung jenes alten, ihm sonst ehrwürdigen Vaters halber eher zu viel als zu wenig tun wolle, so lasse er sich alles gefallen, was man beschließen werde.

Man wollte nun den Greis abweisen; allein dieser fuhr so inständig zu bitten fort, daß man doch am Ende noch einmal ihm nachgab. Der Leichnam ward wieder ausgegraben.

Jetzt, da der Körper so lange schon in der Erde war, fing er bereits sehr merklich an, in Fäulnis überzugehen. Die Personen, die ihn besichtigten, wozu noch ein neuer Chirurgus genommen worden, mußten daher sehr behutsam mit ihm umgehen und fällten dann – ganz den vorigen Ausspruch. Eben war man im Begriff, ihn wieder in den Sarg zu legen, als der alte Mann, der diesmal gleichsam in Betäubung da gestanden hatte, sobald er vernahm: Man finde auch jetzt nichts Verdächtiges! auf einmal ausrief: Nun, so muß ich mich wenigstens mit eigenen Augen, mit meiner eigenen Hand davon überzeugen!

Er faßte, indem er dies sprach, den Leichnam seiner Tochter, hob ihn empor, fing an ihn zu berühren, und ein Ungefähr – oder warum Ungefähr? Wahrscheinlich eine Bestimmung vielmehr! – machte, daß er gleich zuerst unter die linke Brust griff und ihr diese empor hob. In diesem Augenblick stürzte der Schulze mit dem Schrei zusammen:»Ich bin verloren. Er hat es entdeckt!«

Mit welcher Bestürzung man ihm zu Hilfe kam, läßt sich vermuten. Seine ersten Worte, als er die Augen wieder aufschlug, waren: »Ich will ja alles bekennen! Ich habe sie ermordet! Gerade dort ermordet! Nur noch ein paar Augenblicke Zeit laßt mir.«

Man drang eben dieses Begehrens halber noch stärker in ihn, sich genauer zu erklären. Die Summe seines Geständnisses war diese: Der Schändliche hatte wirklich alle seine drei Weiber ermordet! Nicht aus Haß, nicht aus Überdruß; aus Habsucht vielmehr! Alle drei waren vermögend gewesen; alle drei hatte er zu beerben und dann nach einer neuen sich umsehen zu können gewünscht. Deswegen legte er nicht eher Hand an sie, bis sie ein *lebendes* Kind ihm geboren hatten; und auch nur um diese Zeit schien es ihm möglich, seinen verruchten Plan unentdeckt auszuführen. einem dünnen, dreischneidigen Eisen – einer Ahle, wie sie die Schuster brauchen – durchstach er ihnen dann den Ort unter der linken Brust, wo das Herz liegt, stieß das Eisen selbst mit hinein. Die dreieckige Wunde schloß sich sogleich wieder. Der um diese Zeit fast übervolle, durch sein Gewicht herabhängende weibliche Busen verdeckte jetzt selbst das fast unmerkliche und doch tödlich gewesene Fleckchen. Da er sich immer dann, wann sie schliefen, an ihr Lager schlich, so war diese entsetzliche Tat das Werk eines Augenblicks. Die ersten beiden Frauen waren mit einem einzigen halblauten Ausruf gestorben. Die letztere, sagte er nachher aus, habe etwas mehr gelitten, habe gerufen: Gott! Gott! Du tötest mich! Aber es wird nicht ungerächt bleiben. Auch habe er sich wirklich nach ihrem Tode mehr als bei den Vorigen ein Gewissen daraus gemacht. Doch habe er gehofft, daß man nichts entdecken werde, und daher selbst auf die Ausgrabung, wenigstens das erste Mal, gestimmt. Jener Ausruf, als der Vater gerade nach dem Herzen zuerst gegriffen, sei ihm entfahren, er wisse selbst nicht, wie? Denn fast überzeugt sei er jetzt: daß auch dieser kaum etwas entdeckt haben würde.

Der Schauder, der alle, die von dieser Untat hörten, ergriff, und die harte Todesstrafe, die über den Verbrecher verhängt ward, gehören nicht weiter zur Sache selbst.

Mordbrenner und Schadenstifter, um für heilig zu gelten

4

Ein junger kurländischer Bauer, der auf einer Herrschaft[5] des Grafen von Medem, als Knecht in dem Gesinde[6] seines älteren Bruders diente, kam, um sich ein ruhigeres Leben und größere Achtung bei seinen Mitgenossen zu erwerben, auf den Einfall: Ob es nicht möglich sein sollte, sich in den Ruf einer gewissen Heiligkeit zu setzen?

Die Emsigkeit, mit welcher er alle Sonntage in die Kirche ging, die Andacht, mit welcher er der Predigt zuzuhören schien, ein dreimaliger Genuß des Abendmahls im Jahr und ein sanfter, schleichender Ton in Worten und Werken schienen ihm zur Erreichung seines Endzwecks noch nicht hinreichend. Er suchte auch seine Verbindung mit dem Himmel durch Tatsachen zu bewähren, die allerdings mehr ins Auge fielen.

Denn so oft ihn jemand beleidigte, ertrug er Recht und Unrecht zwar mit größter Geduld, höchstens mit einer christlichen Warnung, schlich aber um die Wohnung und die Wirtschaft des Beleidigers so lange ganz im Stillen, bis er seinen Vorteil ersah und das beste Roß im Stalle, die schönste Kuh im Hofe oder sonst ein vorzügliches Stück Hausvieh – tot da lag. War ihm diese schändliche Tat nun gelungen und fand man den Schaden, dann gesellte er sich, wie von ungefähr, zu den Gekränkten, ließ sich alles erzählen, hörte mit sichtlicher Teilnahme zu, bedauerte und tröstete, mischte aber

---

[4] Diese Geschichte, die ich schon 1785 nach einer mündlichen Erzählung bekannt machte, ist nachher von der – Deutschlands Hochachtung durch Geist und Herz so sehr verdienenden – Frau von der Recke in ihrer über Cagliostro bekannt gemachten Schrift 1787 noch einmal erzählt und in einigen Nebenumständen berichtigt worden. Ich habe von diesen letztern hier Gebrauch gemacht.

[5] Was man in Kurland Gebiet nennt.

[6] Das Gesinde heißt in Kurland die Wohnung eines Bauern mit allen Wirtschaftsgebäuden, da es in Kurland eigentlich keine zusammenhängenden Dörfer gibt. – Graf von Medem war der Vater der schon erwähnten edlen Elise und der Herzogin von Kurland.

auch immer in seine Worte die Erinnerung: Ob sie nicht daran gedächten, wie er neulich von ihnen gekränkt, sie von ihm gewarnt worden wären? Gott verlasse diejenigen nicht, die ihm vertrauten, aber er strafe auch jene, die seine Lieblinge antasteten.

Freilich hätte eine solche Rede wohl gegen ihn Verdacht erregen können! Doch nicht gerechnet, daß er sich deren gegen Menschen bediente, die eben nicht mißtrauisch waren, so verband er sie auch mit Maßregeln, die allen vielleicht möglichen Argwohn ersticken mußten. Ja, nicht selten trieb er seine Heuchelei so weit, daß er selbst von seiner geringen Barschaft zum Ersatz des Schadens freiwillig etwas beitrug!

Man hielt ihn daher in der Tat für einen frommen, nur etwas kopfhängerigen Mann. Er konnte schon auf einen ansehnlichen Teil seiner Mitbauern nach Wunsch und Belieben wirken. Die beste Kost und die wenigste Arbeit ward ihm zu Teil. Die Würde eines *halben* Heiligen ward errungen. Er hoffte bald seinen *ganzen Endzweck* zu erreichen, wenn es ihm nur noch mit einem recht auffallenden Beispiele gelänge.

Einst, als er, den Sonntag darauf, wieder zum Abendmahl gehen wollte, befahl ihm sein älterer Bruder, in nächster Woche mit Korn nach Liebau auf den Markt zu fahren. Es war Winter, das Wetter gerade um diese Zeit höchst unfreundlich, der Weg dahin schlecht und das ganze Geschäft unserm Halbheiligen unangenehm. Er brachte daher einen andern Knecht dazu in Vorschlag, erhielt aber zur Antwort: daß dieser ebenfalls schon seine bestimmte Arbeit habe. Ein kleiner Wortwechsel entstand nun zwischen den Brüdern. Der Jüngere erklärte: daß er zwar reisen wolle, daß er aber seinen Bruder und dessen Kinder bedaure, »denn Gott werde es nicht ungerächt lassen, daß man einen seiner Lieblinge absichtlich kränke«. Der Ältere behauptete wie billig, daß die jenem aufgetragene Arbeit keine Kränkung wäre, lachte über die ihm angedrohte Strafe und erkühnte sich zu sagen: daß ein Liebling Gottes auch arbeiten müsse. Der träge Heuchler mußte endlich nachgeben, versprach mit Anfang nächster Woche zu reisen, blieb aber immer bei der Besorgnis: daß die Reue nur allzu früh sich einstellen werde.

Er hatte recht. Dieser kleine Zwist fiel freitags vor. Des Sonnabends darauf, als nach kurländischer Sitte der Hauswirt nebst seinem Gesinde im Bade – welches immer in einer kleinen Entfernung von der Wohnung zu liegen pflegt – sich befanden, hörten sie plötzlich: Feuer! Feuer! rufen, sprangen erschrocken, größtenteils nackend heraus und sahen ihre Wohnung in voller Flamme stehen. Rettung war unmöglich. Alle Gebäude, alle Vorräte des Bauern, alle Habseligkeiten von ihm und seinen Knechten gingen in der Flamme auf.

Der jüngere Bruder hatte zuerst die Lohe erblickt, zuerst Feuer! gerufen, doch so gut wie die Übrigen alles verloren. Aber mehr über den Verlust seines Bruders als über seinen eigenen betrübt – manchem *Heiligen* der ältern und manchem *Mächtigen* der neuern Zeiten gleich, daß er ein Unheil beklagte, welches er selbst angestiftet hatte, fragte er jenen nun: Ob er noch seiner gestrigen Rede gedenke? »Sagt ich dir es nicht, lieber Bruder? Warnt' ich dich nicht? Wirst du nun einsehen, daß Gott seiner und der Seinigen nicht spotten läßt?« Und ging des andern Morgens mit der Miene der frömmsten Ergebenheit nebst mehrern seiner Mitbauern zur Kirche, sprach noch unter Weges in den erbaulichsten Ausdrücken von der gestrigen Rache des Himmels und bereitete sich demütigst vor, das Nachtmahl zu empfangen.

Schon seit geraumer Zeit war er auch hierbei aus Scheinheiligkeit gewohnt, ganz der Letzte zu sein, der vor dem Altar hinkniete. Die Kälte war heute äußerst groß; dem Priester, einem guten, aber durch das Alter schon geschwächten Greis, zitterten die Hände heute zweifach, weil der Frost sie erstarrte, der lange Verzug sie ermüdete. Als daher jetzt jener Letzte niederknien und der Geistliche die Hostie ihm reichen wollte, ließ er sie fallen, und sie zerbrach. So äußerst natürlich dieser Zufall war, so sehr bestürzte er den Heuchler, der wohl fühlte, wie unwürdig der christlichen Gemeinschaft er hier kniee. Er hob daher die Hostie von der Erde auf, steckte sie zitternd in den Mund und ging den Übrigen nach, um den Altar herum.

Der Priester fing nun an den Kelch auszuspenden. Je länger er dieses tat, je mühsamer ward es ihm. Nun kam der Letzte; durch sein vorheriges Versehen wahrscheinlich selbst ein wenig aus der Fassung gebracht, wollte der Geistliche den Kelch recht festhalten. Gerade dadurch gelang es ihm um so minder. Der Kelch glitt ebenfalls aus seiner Hand. Der ganze Wein war verschüttet. Nicht einen Tropfen davon hatte der Heuchler erhalten.

Die Posaune des Weltgerichts hätte den Elenden kaum stärker erschrecken können, als dieser Vorfall es tat. Die bangste Gewissensangst bemächtigte sich seiner. Es ist entschieden, dachte er, Jesus Christus entzieht dir sein Versöhnungsopfer! Will seinen Leib und sein Blut nicht mehr von dir entheiligen lassen. Vor aller Welt hat er dies jetzt kund gemacht. Strafe, zeitlich hier und ewig dort, wird auf dem Fuße nachfolgen. Nur noch ein freiwilliges Geständnis kann sie vielleicht wenigstens mildern! Er konnte kaum die noch wenigen Minuten des noch rückständigen Gottesdienstes abwarten. Gleich nach demselben mithin – wohlbemerkt, noch in der ersten Hitze – flog er zum Prediger, fiel zu seinen Füßen, beschwur denselben, ihm zu helfen, erbot sich, alles zu gestehen, und legte, da dieser gar nicht wußte, was er vergeben und wie er helfen solle, das unbefangenste Geständnis ab: daß er sich bei seinen Mitbrüdern das Ansehen eines Lieblings der Gottheit habe geben wollen, daß er deshalb das Vieh seiner Nachbarn gemordet und auch gestern die Wohnung seines Bruders angezündet habe; daß es ihn aber nun von Herzensgrunde reue und er der fromme Christ wirklich werden wolle, für den er bisher nur gegolten habe.

Man kann sich leicht denken, wie erstaunt der Geistliche bei diesem Geständnis da stand. Sein Gewissen gab die Verschweigung der Schuld nicht zu. Der Missetäter ward verhaftet. Nach unsern Gesetzen wäre sein Tod – oder in einigen Provinzen Deutschlands eine den Tod an Bitterkeit noch übertreffende, unerläßliche Strafe! – gewiß gewesen. Doch in Kurland haben alle Gutsbesitzer auf ihren Gütern die so genannten hohen Gerichte. Der gütige Graf von Medem ersetzte (was ihm zum Teil als Gutsbesitzer schon oblag) den Schaden der Abgebrannten; und da durch den Missetäter wenigstens kein Blut vergossen worden, so legte er ihm nur eine Leibesstrafe und dreijährige Bauarbeit in Ketten auf. Zugleich aber traf er Anstalt, daß dieser Unglückliche richtigere Begriffe von der Religion, die er entweiht hatte, erhielt; und noch jetzt,[7] nachdem er längst

---

[7] Wenigstens lebte er, nichts weniger als schon betagt, 1787 noch, als Frau von der Recke die vorher erwähnte Schrift bekannt machte.

seine Strafe überstanden, lebt er als ein fleißiger, moralisch gebes-
serter Mensch zu Alt-Auz, einem Gute der Familie Medem.

Auch Mordbrenner und Selbstverräter

Etwas Ähnlichkeit mit vorhergehender Begebenheit in Rücksicht des Verbrechens der Heuchelei, die dabei obwaltete, und der Freiwilligkeit des Geständnisses, hat, wie mich dünkt, die Geschichte eines Unglücklichen, den ich selbst in meinen Jünglingsjahren seine (fast möchte ich sagen, allzu harte) Strafe leiden sah. Es fehle ihr freilich das Ausgezeichnete in der *Ursache der Entdeckung*. Der Verbrecher kam hier auf einem weit gewöhnlichem Wege zur Gewissensunruhe und zur Selbstangabe. Dennoch dünkt sie mir auch insofern der Erzählung nicht unwert, als man aus ihr ersieht: daß der *Anschein der Unschuld* also eben so trügend, als der *Anschein der Schuld* sein könne.

Auf einem Dorfe in der Oberlausitz, unweit Budissin gelegen, verliebte sich im Jahr 1770 oder 71 ein junger Bauer in eine ebenfalls noch junge, ziemlich wohlhabende Witwe, warb um sie, erhielt aber abschlägige Antwort. So weh ihm diese letztere tat, so schreckte sie ihn doch nicht ganz ab. Er suchte vielmehr alles hervor, was er nur wußte und vermochte, um sich annehmlicher zu machen; vergebens! Endlich, als nichts anschlagen wollte, schickte er ihr einen Brief, dessen Anfang nochmals *warb* und dessen Ende – *drohte*. Ihre Verweigerung werde sie, versicherte er, einst, und zwar bald gereuen, werde sie noch um Haus und Hof bringen, wenn sie nicht eines bessern sich besinne.

Dies hieß freilich sehr nachdrücklich gesprochen, ward aber doch – nicht erhört. Die Witwe heiratete bald darauf einen andern, der ihr besser gefiel.

Acht oder zehn Tage nach dieser Hochzeit stand eines Morgens ihr Bauergut schnell in heller Flamme und verbrannte fast bis auf den letzten Span. Es fanden sich die allerdeutlichsten Spuren boshafter Anlegung, und der Verdacht davon fiel, sehr begreiflich, auf jenen unglücklichen Freiwerber. Er ward sogleich verhaftet, nach Budissin gebracht und verhört. Aber trotz der aller sorgfältigsten Untersuchung konnte man – außer jenen Drohworten, die er selbst eingestand, doch viel linder deutete! auch nicht den kleinsten Beweis gegen ihn aufbringen; vielmehr ergab sich ein Umstand, der sehr zu seinen Gunsten sprach. Das Feuer auf der Bäuerin Gute war, wie bereits erwähnt worden, des *Morgens*, und zwar an einem *Sonntags-Morgen* ausgebrochen. An eben diesem Sonntag nun hatte der Inquisit in einer fast vier Meilen von jener Brandstätte entlegenen Kirche vor der Frühpredigt gebeichtet und nach derselben das Abendmahl empfangen. Noch mehr in eben diesem so entlegenen Dorfe war er schon des Abends vorher befindlich gewesen und hatte sich zu gewöhnlicher Zeit schlafen gelegt. Über alle diese Punkte stellte er unverwerfliche Zeugen. Wollte man ihn auch für ruchlos genug halten, daß er einen solchen wichtigen (für Leute seines Standes zweifach ehrwürdigen) Tag durch einen so großen Frevel habe entheiligen können, so widersprach doch die Entfernung der Orte und die Gewißheit seines Nachtlagers aller Möglichkeit einer Anlegung durch ihn; und von irgend einer Mitgenossenschaft, wo andere in seinem Namen Rache verübt haben könnten, äußerte sich auch nicht die geringste Spur. Der Inquisit blieb daher zwar im Verhaft, aber in sehr leidlichem. Seine Sache ward verschickt. Man sah zum Voraus, daß auf den *Schwur* gesprochen werden und er damit loskommen würde.

Während dieses Zwischenraums und indem er sein Urteil erwartete, überfiel ihn eine ziemlich gefährliche Krankheit. Um ihn bei solcher gehörig abzuwarten, brachte man ihn in das dasige Arbeitshaus, welches bisher auch als Verpflegsort gebraucht wird. Hier genas er, ward aber absichtlich, als er schon wieder herum ging, um sich desto gründlicher zu erholen, noch einige Tage darin gelassen, und gerade jetzt ereignete sich ein neuer Zufall, der selbst den letzten Rest des noch übrigen Verdachts von ihm zu entfernen schien.

Jene abgebrannte Bäuerin hatte ihre Gutsgebäude von neuem zu bauen angefangen und war bereits damit fast bis unters Dach gekommen, als abermals Feuer bei ihr ausbrach, abermals mit den sichtlichsten Merkmalen boshafter Anlegung. Ihr ganzes Gebäude ward wieder Asche und sie selbst nunmehr völlig an den Bettelstab gebracht. Die Nachricht davon gelangte bald in die nahe gelegene Stadt. Man sprach überall, mithin auch im Zucht- und Arbeitshause davon. Der Inquisit, als sein Wärter ihm davon erzählte, fragte spottend: Ob er das vielleicht auch getan haben solle? Und ob man noch nicht einsähe, daß die Gutsbesitzerin, die von jeher ein stolzes böses Geschöpf gewesen sei, auch außer ihm Feinde, und zwar rachsüchtigere, besitzen müsse?

Allerdings schloß man so; allerdings tat ihm dieser letzte Vorfall, wenn auch nicht bei seinen Richtern, doch in den Augen des Publikums die ersprießlichsten Dienste. Man glaubte ganz gewiß: er werde nur ins Gefängnis zurückkommen, um desto förmlicher, desto rechtlicher daraus wieder entlassen zu werden. Höchstwahrscheinlich wäre auch dies geschehen, hätte er nicht gleich darauf alle diese günstigen Eindrücke – selbst vernichtet. Denn am nächsten Sonntage hielt der Geistliche, dem die Seelsorge dieses Zucht- und Armenhauses oblag, eine Predigt, in welcher er sehr lebhaft die größere Strafwürdigkeit derjenigen schilderte, die in *jene* Welt beladen mit Verbrechen übergingen, welche sie in dieser hartnäckig *verschwiegen* oder wohl gar abgeleugnet hätten. Mutmaßlich fiel ihm hierbei auch nicht ein Gedanke an unsern Inquisiten ein, sondern er hatte unter seinen Zuhörern noch weit andere und weit mehrere, die in Verdacht standen, manches auf ihrem Herzen und Gewissen behalten zu haben. Aber das Feuer seiner Rede, die Stärke seiner Beweisgründe fruchteten gerade da, wo er sich dessen am wenigsten versah. Unser Inquisit, dem doch Ermahnungen zum gütlichen Geständnis nicht so ganz fremd und neu sein konnten, fühlte sich von der jetzigen (er konnte es nachher selbst nicht sagen, wie?) ergriffen, ging gleich nach dem Gottesdienst zum Pfarrer hin, gestand – man denke sich dessen Erstaunen! – Anlegung des *ersten* Brandes, ja, gab sich auch, was allen anfangs ein Märchen schien, als den alleinigen Urheber des *zweiten* schuldig.

Mit einer Anstrengung, welche freilich die gewöhnlichen menschlichen Kräfte übersteigt, welche aber doch durch die entschlossenste Rachbegier zur Möglichkeit geworden war, hatte dieser Elende das erste Mal, nachdem er zuvor wirklich sich niedergelegt, aber sorgsam gelauert hatte, bis seine Kameraden schliefen, sich zum Fenster herabgelassen. Zwar war die Zeit, die er frei hatte, höchstens eine Frist von sechs bis sieben Stunden; er selbst war nur halb angezogen, die Nacht rauh, die Entfernung äußerst ansehnlich. Aber nichts von diesem allen hielt ihn auf. Schneller als ein gelernter Läufer war er hin und her geeilt, hatte mit schon vorher abgemessenen, bereit gehaltenen Lunten das Feuer so angelegt, daß er gewiß wußte, erst in einigen Stunden könne es ausbrechen, war gleich schnell und ganz unbemerkt zurückgekehrt, hatte sich, dem Schein nach, wecken lassen und dann – man kann leicht erachten, mit welchem

Herzen! – in die Kirche begeben. Zu eben der Zeit, als er vor dem Beichtstuhl kniete, mußte, nach seiner Ausrechnung, die auch nur allzu richtig eintraf, das Gut seiner Feindin in vollen Flammen stehen.

Noch verwegener war er das zweite Mal zu Werke gegangen. Durch sein geduldiges Betragen, durch sein frommes Reden, durch willige Dienstleistungen und Kleinigkeiten mancher Art hatte er nach und nach das Zutrauen des Aufsehers vom Zuchthause erworben. Daß er zu entfliehen suchen solle, argwohnte kein Mensch, denn man hielt ihn noch für allzu matt von seiner letzten Krankheit, nicht gerechnet, daß es eine Torheit gewesen wäre, wenn er, der nicht viel zu befürchten hatte, durch eine Entweichung sich alles hätte verschlimmern wollen.

Mit wenigen Worten, man traute ihm allzu viel! Er fand Gelegenheit zu bemerken: wo des Nachts die Hausschlüssel hingelegt wurden, wußte sie glücklich zu entwenden, schloß auf, war aber nichts weniger willens, als zu entfliehen, sondern sein einziger Zweck blieb: Wiederholung seiner Rache. Dieses Mal hatte er nicht so weit wie das erste Mal. Nachdem er bewirkt, was er suchte, war er richtig zurückgekehrt und war beim Eingange so unbemerkt wie beim Ausgange geblieben.

Sein Prozeß ging nun von neuem an, und das Endurteil lautete: Hinausschleifung auf der Kuhhaut und lebendige Verbrennung. Ich gestehe, daß sein Verbrechen hart und die Umstände dabei erschwerend waren. Ob aber nicht sein eigenes Geständnis doch etwas von dieser Schärfe hätte mildern sollen? Darüber mag ich nicht entscheiden. Genug, der Buchstabe des Gesetzes ward beibehalten. Man verfuhr bei der Strafe ganz ohne einige selbst verdeckte Milderung. Das Leiden des Unglücklichen war einige Minuten hindurch fürchterlich.

Der Findling

Ein armer Schuster zu D. hatte mit seiner Frau schon sechs oder sieben Jahre in einem Ehestande gelebt, dem zu beiderseitiger höchster Zufriedenheit nichts als ein reichlicheres Einkommen fehlte. Sie hatten bereits vier Kinder am Leben; jetzt ging das gute Weib zum fünften Mal schwanger. Wie sie bei dieser abermals bevorstehenden Erweiterung ihres Hauswesens auskommen sollten, da sie jetzt schon oft für den nächsten Morgen keinen Pfennig Geld und kein Stückchen Brot besaßen? Dies war alle Abende ihr Gespräch beim Schlafengehen. Gewöhnlich schloß es sich mit dem Geständnis: daß sie es nicht wüßten; und – mit Tränen.

Einst um Mitternacht, als der Schuster sich dessen am wenigsten versah, weil sein ehelicher Kalender ihm noch einen Stillstand von drei bis vier Wochen versprach, weckte ihn seine Frau mit der Nachricht: Sie empfinde so heftige Schmerzen, daß sie an einer baldigen Niederkunft nicht zweifeln könne. Der arme Mann war in nicht geringer Verlegenheit. Daß ein solches Geschäft sich nicht aufschieben lasse, wußte er gar wohl. Um eine Hebamme holen zu *lassen*, gebrach es ihm an jeder Bedienung; sie selbst zu holen, war er zwar bereit, doch indes blieb ja seine Frau allein! Keine Nachbarin, keine Freundin, die in der tiefen Nacht geweckt werden könne, hatten sie. Kurz, unser Ehemann entschloß sich endlich lieber selbst, so gut er es vermochte, die Pflichten einer Wehmutter zu übernehmen, und seine Frau kam auch binnen einer Viertelstunde, zwar glücklich genug, aber, o Schrecken, mit *Zwillingen* nieder.

Schon für *ein* Kind gebrach es bei dieser übereilten Niederkunft und bei der Eltern bittersten Armut noch an mancherlei, was von Wäsche und zur Wartung nötig war; und nun sollten sie gar Kleidung, Kost und Sorgfalt auf zwei verwenden! Wie dies zu erschwingen sei, blieb der Mutter, bei allen körperlichen Schmerzen, und dem Vater, der seiner selbst vergaß, unbegreiflich. Endlich geriet der letztere doch auf einen Gedanken, der ihm das letzte Rettungsmittel zu sein schien.

»Erinnerst du dich noch«, fragte er, »wie neulich der Gewürzkrämer an der zweiten Gassenecke sich so sehnlich Kinder wünschte? Wie, wenn ich ihm jetzt eines von den unsrigen vor die Türe legte? Er ist ein vermöglicher Mann; zieht er es auf, so wird dies Kind vielleicht sein Erbe und glücklich. Behält er es *nicht,* so muß er dasselbe doch anderswo unterbringen, und überall wird es wenigstens besser aufgehoben sein als bei uns. Die Nacht ist warm, für des Kindes Leben ist keine Gefahr; willst du, so trage ich es fort.«

So groß die Not des armen Weibes war, so sehr sie wünschte: beide Kinder hätten sich gar nicht eingestellt, so regte sich doch jetzt die Mutter noch stärker in ihr. Zweifel, Widersprüche, Bitten setzte sie dem Vorschlag ihres Mannes entgegen; gleichwohl mußte sie zweierlei ihm eingestehen. Erstens: daß ihr Unvermögen, sechs Kinder zu ernähren, augenscheinlich sei; und dann: daß alles, was geschehen sollte, *gleich* geschehen müsse, weil am Morgen sofort ihre Lage mehreren Menschen bekannt werden würde.

Sie gab daher endlich nach; man teilte und verfuhr selbst bei dieser Teilung so ehrlich als möglich. Die Zwillinge waren von beiderlei Geschlecht: da man mutmaßen konnte: dem unbeerbten Krämer werde ein Knabe lieber als ein Mädchen sein, so ward der Sohn zum Aussetzen bestimmt. Der Schuster nahm ihn, so gut als möglich eingepackt, unter seinen Mantel; schon dreimal war er damit an der Stubentür, als ihn immer sein Weib noch zurück rief, um ihrem Kinde nur noch *einen* Kuß, den *letzten,* wie sie glaubte, zu geben. Endlich trat der arme Vater einen Gang an, der ihm weit schwerer ankam als manchen Soldaten der Gang ins tiefste Feuer der Schlacht oder zur Sturmleiter.

Die Straße war tot. Jetzt befand sich der Schuster an der bewußten Ecke, hatte sich wohl siebenmal nach allen vier Seiten umgesehen, ob ihn auch jemand in der Nähe oder Ferne bemerke: er sah nichts, tat hastig zwei oder drei Schritte bis zur Haustüre hin, küßte zärtlich noch einmal das schlafende Knäblein und legte es hin. In eben diesem Augenblick öffnete sich die Haustür. Der Krämer selbst sprang heraus, faßte unsern Schuster oben beim Kragen des Mantels und rief:»Hab ich dich Bösewicht? Kommst du wirklich noch einmal? Wo in aller Welt, Kerl, nimmst du die Kinder her? Und warum soll *ich* gerade sie dir ernähren? Den Augenblick trage mir deine beiden Bankerte wieder fort, oder ich lasse die Wache rufen, die dir und ihnen schon Quartiere verschaffen soll!«

Bei diesen Worten schob er dem Schuster ein zweites, ganz fremdes Kind (das ihm, wie man nachher erfuhr, ungefähr eine halbe Stunde früher vor eben dieselbe Tür gelegt worden war,) unter den Arm, zwang ihn, dieses sowohl als jenes selbst gebrachte aufzunehmen, hörte auf kein einziges seiner Worte, sondern schlug ihm unter Drohen und Schimpfen die Türe vor der Nase zu.

Nie hat sich wohl ein Mensch in einer ängstlichern Verlegenheit als jetzt dieser unglückliche Vater befunden. Was konnte er nun wohl tun? *Vor eine andere Tür gehen?* Deren gab es freilich noch viel. Aber hatte man nicht vielleicht in der Nachbarschaft schon von diesem Lärmen etwas gehört? Hatte der Krämer nicht so gut als gewiß ihn erkannt? War nicht, wenn er auch weiter ging und seine Last nochmals ablegte, am nächsten Morgen alles ruchbar, alles entdeckt? Würde man dann nicht ihn vorfordern, hinsetzen, bestrafen? Und zumal dies zweite, gleichsam vom Himmel herab gefallene Kind! Wem gehörte dieses? Wie kam er dazu? Was sollte er damit anfangen? Wenn nun jetzt vielleicht die Wache käme? Ihn so fände? Ihn mitschleppte? Wenn wohl gar eines von diesen Kindern jetzt in seinen Händen stürbe? Wenn man dann glaubte, er habe den Tod desselben bewirkt oder wenigstens beschleunigt? Wenn man ihn verhaftete, indes seine Frau vielleicht mit dem Tode –

Ach, das Heer von Möglichkeiten, das auf allen Seiten in ihn einstürmte und wovon immer jede letztere schrecklicher als die vorhergehende war, wuchs endlich zu einer solchen Menge, zu solcher Höhe empor, daß er so schnell, als fasse ihn zum zweiten Mal der Krämer und die ganze Justiz beim Mantel, seinem Häuschen mit beiden Kindern zulief.

Aber zumal das Erstaunen des armen, kraftlos daliegenden Weibes, die sich schon ängstigte, wo ihr Mann so lange ausbleibe, die geglaubt hatte, er würde *ledig* heim kommen und ihn nun so *beladen* eintreten sah, die, als er jetzt auspackte und stumm, wie ein Geist, aber mit dem Blick der Verzweiflung, die beiden Kinder auf den Tisch vor ihr hinlegte, nicht wußte, was ihr geschah? nicht begriff, was daraus werden sollte? die wohl zwanzigmal ihn fragte, was vorgegangen sei? und endlich aus einzelnen Worten ihr Schicksal mehr erriet als erfuhr – wer kann die Betrübnis und den Jammer dieser unglücklichen Wöchnerin sich lebhaft genug denken!

Beinahe eine ganze Stunde brachten sie beide, als sie wieder der Tränen und der Worte fähig waren, mit fruchtlosen Klagen und ebenso fruchtlosen Beratschlagungen zu. Der Morgen graute schon; sie wußten noch nicht, was sie machen sollten. Endlich erwog der Mann bei sich selbst, daß dieses Sorgen und Weinen nichts helfen, wohl aber seiner Frau in jetzigen Umständen höchst schädlich, vielleicht gar tödlich werden könne. Er nahm daher, um nur sie zu schonen, so zerrissen sein Herz war, auch allmählich eine gelassene Miene an und versuchte es, nach Trostgründen zu haschen, als plötzlich ein neubemerkter Umstand ihren Gesprächen, ihrer Empfindung, ihren ganzen Aussichten eine andere Richtung gab.

Das arme fremde Kind, welches schon eine geraume Zeit ganz ohne Nahrung sich befunden haben mochte, fing an bitterlich zu schreien. Die Schusterin, der dies jammerte, wollte es herausnehmen und wenigstens ins Trockene legen. Indem sie es desfalls aufband und aus dem Bettchen, das nett und sauber war, empor hob, tat sie vor Verwunderung einen kleinen Schrei, denn sie sah, daß hinten, am Nacken des Kindes, zwei Zettel leicht angebunden waren und herabfielen. Den einen fing die Wöchnerin selbst auf und erkannte die Aufschrift: *Hundert Gulden!* Auf ihr freudiges: O Gott, was sehe ich? eilte auch der Mann herbei und hob das zweite auf der Erde liegende Papier auf, es war zwar keine Banknote, aber noch mehr wert, denn es stand auf ihm: Der Bankier Z. (einer der sichersten in der ganzen Stadt), habe Ordre, dem Erzieher dieses Kindes bis zum siebenten Jahre fünfzig Taler, bis zum zwölften siebenzig, bis zum zwanzigsten hundert alljährlich auszuzahlen. Familienumstände nötigten die Eltern, dieses Söhnlein zwar auszusetzen, doch verlassen würden sie es nie. Dem Erzieher, auf dessen Ehrlichkeit man ein Vertrauen setze, sei frei gestellt: wozu er den Knaben anhalten wolle, nur müsse es ein anständiges Gewerbe sein. Beiliegende Banknote von hundert Gulden solle für keine abschlägliche Zahlung, wohl aber für eine Ermunterung auf die Zukunft gelten.

Wie mancher Prinz mag schon ein Königreich geerbt und dabei mindere Freude empfunden haben, als unser Paar bei Lesung dieser Schrift und beim Empfang dieser Banknote. Wohl hundert Mal küßten sie jetzt beide den kleinen Findling, den sie ihren Schutzengel, ihren Wohltäter nannten, den sie über alle ihre eigenen Kinder zu lieben und zu pflegen gelobten. Nunmehr waren sie aller ihrer Angst, aller Not quitt und ledig. Mit fünfzig Gulden konnten sie alles anschaffen, was ihrer Wirtschaft noch abging, für die übrigen fünfzig Leder einkaufen, vom jährlichen Ziehgeld ein Dienstmädchen ernähren, mit eigenen Händen dafür desto freudiger arbeiten. Der lichte Tag kam schon, und sie machten immer noch Pläne, Pläne von ganz anderer Art, als jene vorigen waren! Pläne, wobei sie sich freuten wie das bekannte Bauernmädchen bei ihrem Topfe voll Milch.

Fast aber wäre es auch hier, wie dort, auf ein lustiges Ende hinausgelaufen! Verschwiegen konnte dieser Handel seiner Natur nach nicht bleiben. Schon dadurch, daß sie des nächsten Tages *drei* Kinder zugleich zur Taufe senden mußten, ward ein ansehnlicher Teil von der Wahrheit aufgedeckt. Die Verwechselung der Banknote machte neue Verwunderung, und der guten Leute eigene geschwätzige Fröhlichkeit klärte das Rätsel endlich ganz auf.

Diese Geschichte kam bald zu mehreren Ohren, und unter andern auch zu den Ohren des Krämers. Er stutzte, als er hörte, daß er einen so wohl bedachten Zögling von sich gestoßen und einem andern aufgedrungen habe. Dieser Schritt reute ihn. Er begehrte das Kind zurück; der Schuster verweigerte es ihm; die Sache kam vor Gericht, und beide Parteien boten nun ihre Beredsamkeit auf.

Dieses Kind, sagte der Krämer, sei nicht dem Schuster, sondern ihm vor die Tür gelegt worden; die Eltern desselben müßten daher auch zu ihm und nicht zu jenem Zutrauen gehabt haben. Daß er dieses Kind gleichsam wieder verstoßen habe, sei zwar ein Versehen, aber ein sehr verzeihliches Versehen, weil dabei ein Irrtum obgewaltet habe. Er hätte es für ein preisgegebenes Geschöpf, nicht für einen Knaben, der auf die Erziehung gegeben werde, gehalten. Auch habe er dasselbe nicht eigentlich verstoßen, sondern nur seinem rechtmäßigen Vater zurückgeben und ihn an seine Schuldigkeit erinnern wollen. Durch Maßregeln dieser Art habe er daher keinen Verlust und noch minder der Schuster durch die überdachte Aussetzung seines eigenen Kindes eine Belohnung verdient. Was für Sorgfalt könne ein fremder Knabe in Zeiten der Not von einem Manne erwarten, der seinen leiblichen Sohn habe wegsetzen wollen? Das Kind, wie man aus dem Kostgeld schließen könne, müsse begüterten Eltern zugehören; diese aber würden gewiß lieber einen Handelsmann als einen niedrigen Handwerker zum Pflegevater ihres Knaben erwählen. Sie sprächen überdies von einem anständigen Gewerbe, wozu man dereinst ihn anhalten solle. Diese Benennung passe sehr gut auf die Kaufmannschaft, doch nie, auch mit dem äußersten Zwang, auf den Schusterleisten.

Gegen alles dieses erwiderte der Schuster oder vielmehr sein Anwalt: Noch sei es zwar äußerst ungewiß, ob jene unbekannten Eltern ihr Kind mit einiger besondern Absicht oder geradezu vor die erste beste Tür ausgesetzt hätten. Doch selbst, wenn sie ein vorzügliches Zutrauen gegen den Kaufmann geäußert haben sollten, so habe er sich dessen durch sein nachheriges Betragen gänzlich unwert gemacht. Man glaube gern, daß er dasselbe für eine Frucht der Armut und des Elends gehalten, aber auch dann hätte es wenigstens als Mensch auf Menschenliebe Anspruch machen können, und wodurch habe der begüterte Krämer diese bewiesen? Nicht gepfleget, nicht versorget, nicht einmal genau betrachtet habe er dies unglückliche Kind; denn sonst würde er auch an ihm gefunden haben, was nachher der Schuster fand. Ja, als er diesen Letztem zwang, beide Kinder mitzunehmen, sei es mehr ein Vorwand als eine billige Vermutung gewesen, daß dieser arme Handwerksmann schon das erstere Kind ihm gebracht haben müsse. Denn wahrscheinlich sei es doch gar nicht, daß *ein* Mann *zwei* Kinder auszusetzen habe; und ganz unwahrscheinlich, daß er sie zu *zwei verschiedenen* Malen, kurz aufeinander, gerade vor *eine* Tür setzen sollte. Weit sicherer würde er es dann entweder zugleich oder vor zwei Türen tun. Aber der Krämer habe das Kind nur los sein wollen, und jeder Vorwand, wahrscheinlich oder unwahrscheinlich, sei ihm hierzu willkommen gewesen. Weit menschlicher habe dagegen der Schuster sich betragen. Er hätte jetzt dreist jenes dritte Kind wegwerfen können; denn da ihm immer noch zwei eigene Kinder übrig geblieben, so würde jeder Verdacht bald von ihm abgelehnt worden sein. Nicht jene erstere Aussetzung daher, wozu Armut und die Hoffnung, das Schicksal seines Sohnes erträglicher zu machen, ihn verleitet hätten, sondern sein nachheriger besserer Entschluß, auch in höchster Not sich über fremde Hilflosigkeit zu erbarmen – nur dieser verdiene, daß ihm jetzt der kleine Gewinn verbleibe, der bei Erziehung des Findlings sich zeige. Der Stand des Krämers möge immerhin besser als der des Schusters sein. Doch auch dieser sei ein rechtlicher Bürger, und nirgends im Zettel finde sich eine Erwähnung: daß man auf den *Stand*, wohl aber auf die *Ehrlichkeit* des Erziehers sich verlasse. Zu welchem Gewerbe der Knabe, wenn er erwachsen, sich wenden wolle, das würde ihm allein überlassen bleiben; aber bis dahin sollte nichts verabsäumt werden, was zu jeder Wahl ihn fähig machen könne.

In den Augen der Gerichte standen die Waagschalen beider Parteien so sehr im Gleichgewicht, daß sie nicht wußten, welcher der Ausschlag gebühre. Die meisten glaubten, der *buchstäbliche Sinn* jenes Zettels sei mehr für den Kaufmann, die *Billigkeit* mehr für den Schuster. Man war daher schon gesinnt, es weiter zu verschicken, und da nur allzu oft in Deutschland Gesetz und Billigkeit nach sehr verschiedenen Grundsätzen sprachen, so hätte leicht der arme Schuster sein Dankgebet noch zu früh gebetet haben können, wäre nicht seine Sache durch einen neuen Umstand sichtbar und unleugbar verbessert worden.

Derjenige Bankier nämlich, der bevollmächtigt war, des Kindes Kostgeld alljährlich auszuzahlen, kam und überlieferte der Obrigkeit einen Brief, den er von der Post erhalten haben wollte, der ganz unbezweifelt von einerlei Handschrift mit jenem Zettel war, den man unter des Findlings Haupt angetroffen hatte, und der also lautete: Der Knabe war allerdings zuerst dem Krämer zugedacht, der kinderlos, nicht unbemittelt und, wie man glaubte, ein Biedermann war. Aber die Unbarmherzigkeit, mit welcher er ihn wegstieß, hat ganz das Zutrauen der Mutter abgeändert. Sie schenkt dasselbe nun dem ehrlichen Schuster. Ihm verbleibe das Kind! Seine Armut verdient Unterstützung, seine Redlichkeit Belohnung. Ihm verdankt der Findling vielleicht ganz allein die Erhaltung seines Lebens. Deswegen wird ihm hier noch eine Banknote von fünfzig Gulden bestimmt und das Kostgeld jährlich um zehn Taler erhöht. Ist er im Verfolg so brav, wie er scheint, so wird man sicher unter der Hand davon Erkundigung einziehen, so wird es gewiß nicht sein Schaden sein, und die unglückliche, aber nicht ganz dürftige Mutter darbt sich vielleicht noch manchmal etwas ab, um dem Erzieher ihres Sohnes danken zu können.

Jetzt glaubte der Rat allerdings für den Schuster entscheiden zu müssen. Dem Kläger widerriet sein eigener Gerichtsfreund, den Handel weiter zu treiben. Der Beklagte blieb im Besitz des Knaben und erfüllte auch ganz die Hoffnung, die man in ihn gesetzt hatte. Er konnte für seine eigenen Kinder nicht liebevoller als für dies fremde sorgen. Sein ganzes Schicksal änderte sich auch von Stund an. Denn nicht nur erleichterte jener Zuschuß seine häuslichen Bedürfnisse beträchtlich, sondern, da auch sein Name bei dieser Gelegenheit mehreren Menschen bekannt ward, da viele für ihn ein günstiges Interesse faßten, ja, da viele wohl gar ein gutes Werk ohne eigenen Schaden zu tun glaubten, wenn sie von nun an bei ihm arbeiten ließen, so wuchs seine Kundschaft binnen Kurzem drei- und vierfach. Als ein geschickter Arbeiter erwarb er Beifall und ward ein Schuster nach der Mode. Dies sowohl als jene zwei Banknoten setzten ihn in den Stand, nebenbei einen kleinen Lederhandel anzufangen. Auch hierin hatte er Glück und ward wohlhabend. Von seinen eigenen Kindern erzog er nur drei Töchter, den Handel vererbte er auf seinen Zögling, der zugleich sein Eidam ward.

Über tredition

Eigenes Buch veröffentlichen

tredition wurde 2006 in Hamburg gegründet und hat seither mehrere tausend Buchtitel veröffentlicht. Autoren veröffentlichen in wenigen leichten Schritten gedruckte Bücher, e-Books und audio-Books. tredition hat das Ziel, die beste und fairste Veröffentlichungsmöglichkeit für Autoren zu bieten.

tredition wurde mit der Erkenntnis gegründet, dass nur etwa jedes 200. bei Verlagen eingereichte Manuskript veröffentlicht wird. Dabei hat jedes Buch seinen Markt, also seine Leser. tredition sorgt dafür, dass für jedes Buch die Leserschaft auch erreicht wird.

Im einzigartigen Literatur-Netzwerk von tredition bieten zahlreiche Literatur-Partner (das sind Lektoren, Übersetzer, Hörbuchsprecher und Illustratoren) ihre Dienstleistung an, um Manuskripte zu verbessern oder die Vielfalt zu erhöhen. Autoren vereinbaren direkt mit den Literatur-Partnern die Konditionen ihrer Zusammenarbeit und partizipieren gemeinsam am Erfolg des Buches.

Das gesamte Verlagsprogramm von tredition ist bei allen stationären Buchhandlungen und Online-Buchhändlern wie z. B. Amazon erhältlich. e-Books stehen bei den führenden Online-Portalen (z. B. iBookstore von Apple oder Kindle von Amazon) zum Verkauf.

Einfach leicht ein Buch veröffentlichen: **www.tredition.de**

Eigene Buchreihe oder eigenen Verlag gründen

Seit 2009 bietet tredition sein Verlagskonzept auch als sogenanntes "White-Label" an. Das bedeutet, dass andere Unternehmen, Institutionen und Personen risikofrei und unkompliziert selbst zum Herausgeber von Büchern und Buchreihen unter eigener Marke werden können. tredition übernimmt dabei das komplette Herstellungs- und Distributionsrisiko.

Zahlreiche Zeitschriften-, Zeitungs- und Buchverlage, Universitäten, Forschungseinrichtungen u.v.m. nutzen diese Dienstleistung von tredition, um unter eigener Marke ohne Risiko Bücher zu verlegen.

Alle Informationen im Internet: **www.tredition.de/fuer-verlage**

tredition wurde mit mehreren Innovationspreisen ausgezeichnet, u. a. mit dem Webfuture Award und dem Innovationspreis der Buch Digitale.

tredition ist Mitglied im Börsenverein des Deutschen Buchhandels.

Dieses Werk elektronisch lesen

Dieses Werk ist Teil der Gutenberg-DE Edition DVD. Diese enthält das komplette Archiv des Projekt Gutenberg-DE. Die DVD ist im Internet erhältlich auf **http://gutenbergshop.abc.de**

Zeitfracht Medien GmbH
Ferdinand-Jühlke-Straße 7
99095 Erfurt, Deutschland
produktsicherheit@kolibri360.de